Sonya
ソーニャ文庫

天才教授の懸命な求婚

秋野真珠

JN192309

イースト・プレス

contents

序章

「プロフェッサー！　プロフェッサー・ナギ！」

二度呼ばれて、名城《なぎ》四朗《しろう》は肩越しに振り向いた。

小さくはない大学なので、教授は多く在籍しているし、大学関係者や生徒は彼を「教授」とは呼ばないから、いつも聞き逃してしまう。

それでもその名で呼び止める相手が誰であるかは、四朗は振り向く前にわかっていた。

まず視線をやり、おもむろに振り向いた後、全身を一瞥《いちべつ》し、口を開く。

「……何だ」

「研究室へ行こうと思ったんですけど、珍しいですね。教授が講義に向かうでもないのに出歩いているなんて」

呼び止めた相手は、短くカットした栗毛《くりげ》と、ダークグレーの瞳を持つジョス・カーン。

これでも市警の刑事だ。

「これから出かけるからな。君の用には付き合ってやれない」

「いえ、俺は一月前の事件についてご協力いただいたお礼に来たんですよ……無事裁判も始まりますし、証拠も揃《そろ》えられましたから」

「そうか」

苦笑するジョスに、四朗は頷《うなず》いた。

一般人である四朗が市警の刑事と知り合いなのは、四朗のとある趣味のせいだった。

民俗学の教授である四朗だが、人類学や犯罪学の分野でも博士号を取得しており、成り行きで警察に協力したことがある。四朗の助言のおかげで事件が解決したらしく、その功績により、今でも時折市警の方から密かに協力を求められることがあった。

犯罪学は民俗学の傍ら、趣味で学び始めたようなもので、「事件についてのご協力」と言うが、気づいたことをまとめてみただけであり、特に礼を言われるほどのことでもない。謝礼も受け取らないし、その後の報告など必要ないと言っているが、この刑事だけは何故か四朗に会いにくる。律儀《りちぎ》に訪れたジョスに、四朗は目を細めた。

「君のハントにはもう付き合わないぞ」

「……っう、あ、いや……そんな、なんでわかりました?」

はっきり告げた四朗に、はっきり狼狽《うろた》えるジョス。

一瞬誤魔化《ごまか》そうとしたようだが、彼はそれも諦《あきら》めて申し訳なさそうに眉を下げた。

四朗はもう一度ジョスを眺めて、冷静に言う。

「事件が起これば三、四日同じ服で過ごすことも厭《いと》わない君が、今日は新調したシャツにクリーニングから返って来たばかりのスーツだ。ひげも剃《そ》り直している。終わった事件のことなどメールや電話で済むことをわざわざ伝えに来ておいて、事件でなければ君の用はひとつだけだ」

「――本当、教授は神の目を持ってるんですか……どうしてシャツがおろしたてってことまでわかるんです？」

これまでの付き合いで四朗の観察眼をよく理解しているジョスは、もはや言い訳はしなかった。まさにその通りの装いの自分を見下ろし、いつもと変わらないようなシャツに触れ、首を傾《かし》げる。

「襟《えり》が硬い。一度でも洗ったシャツは、どれほどのりを利《き》かせていても、ある程度は身体になじむようになっているものだ。新品のものでなじむように作られるシャツはオーダーメイドのものくらいだろう。しかし君が高価なシャツを買うとは思わない。きっちりタイを締めているせいで、首のところが少し赤くなっているぞ。君がタイを緩めないのは初対面の女性を前にする時だけだろう」

「……ああ、どうりで少し痛いと思って……というか本当に、よく見ておられる……」

「私はこれから出かける。だから君の女性ハントには付き合えない。まぁ用事がなくても行かないだろうが」

「そんなぁ、今日は諦めますけど、次はお願いしますよ」

四朗は以前、何度も誘ってくるジョスが鬱陶《うっとう》しくなり、一度だけ、彼のハントに付き合ったことがある。

その時、初対面の女性の内面を的確に見抜いたものだから、以来、当てにされているのだ。

「断る。君に恋人ができないのは、君の見る目がないせいだ」

「だから教授にお願いしているんじゃないですか。声をかける前に、その子がどんな子かわかっていたら、成功率も高いでしょう!?」

「興味がないな。そもそも、君は理想の相手を探しているからだめなんだ。もっと内側に目を向けるべきだろう」

まぁ、君の見る目のなさでは難しいだろうが、と心の中で思いつつ四朗は呆然とするジョスを残し、再び歩き始める。

「はは、内側って署の女ですか？　彼女らは女性のくくりには……あ、いや！　教授、どこへ行かれるんですか!?」

「日本だ」

四朗はもう一度足を止め、手にしたアタッシュケースを掲《かか》げて見せた。

日本滞在用の荷物を、すべてここに詰めてある。

「日本……って帰国ですか？　こんなに突然？　いったい何が……」

「葬式だ――祖父が亡くなったんだ」

その連絡を受けたのは昨日で、四朗はそれからすぐに休暇の手続きをした。

そして今、ようやく帰国しようとしている。

三十三年生きてきて、その半分以上をこの異国で過ごしているとあれば、日本に向かうことが帰国と言うべきかどうかは怪しいが、そこには四朗の家族がいる。

四朗はジョスのことなどすっかり頭の外へ追いやり、構内を歩きながら、先ほど自分が口にした言葉を噛《か》みしめた。

「そうか……爺《じい》さん、死んだんだな」

1章

松永夕《まつながゆう》は急いでいた。

珍しく、両親から呼び出しがあったからだ。

夕は大学では寮に入り、就職してからはひとり暮らしをしている。大学生の頃にはほとんど実家に帰らなくなっていたし、たまには顔でも見せなさいと言われることもなかった。

両親は再婚同士だが仲が良かった。ただ、夕はその新しい家族になじめなかった。両親は過干渉でも放任主義でもなく、子育てに興味がないわけでもなかったが、彼らの望むような子ではいられなかった夕は、自ら放任されていることを望み、それがとても楽だった。

実家を出ても、羽目《はめ》を外すことも、自堕落《じだらく》になることもなかったので、ある程度両親からも信頼されているだろうと思っている。

だからこんなふうに呼び出されることは初めてで、いったい何があったのかと、かえって心配になる。実家ではなく、義父の経営する会社に来るようにと言われたから尚更《なおさら》だ。

連絡を受けてすぐに早退を願い出て、電車に乗る時間すら惜しくてタクシーを拾った。

義父が経営している会社は大企業というほどではないが、中小企業というには大きいらしい。あまり興味がなかったため、仕事について深く聞いたことはない。

会社に着いて受付に向かうと、夕はすぐに社長室へ行くよう伝えられた。

直通のエレベーターは受付近くにあったので、迷うことなく最上階へ辿《たど》りつく。

社長室は廊下の突き当たりだ。エレベーターが着くと同時に、急《せ》き立てられるように足を踏み出したが、そこで誰かとぶつかりそうになった。

「あ……っと、ごめんなさ――」

「危ないわね！」

夕はすんでのところで避けたが、栗色の巻き毛の相手は鋭く非難してくる。

そちらも突っ込んで来たはずでは、とは口にはしない。相手が誰だかすぐにわかったからだ。

謝罪の声すら遮るのは、血の繋《つな》がらない、ひとつ下の妹、すみれだ。

夕よりヒールの分だけ背の高いすみれは、今日も気合《きあい》を入れたメイクで美しくなっている。しかしその眦《まなじり》は吊り上がっていて、表情に嫌悪が見てとれた。

すみれは相手が夕だとわかると、その顔を皮肉げに歪めて笑う。

「あんな人の相手、あんたで充分よ」

「え？」

「せいぜい頑張《がんば》ってちょうだい、私、絶対嫌だから！　私に迷惑かけないでよね！」

「……はい？」

訊き返したかったが、すみれはそれ以上何も言うことなく、夕が乗って来たエレベーターに乗り、困惑する夕を置いて激しい感情のまま立ち去って行った。

いったい何のこと……？

夕が首を傾げても、閉まったドアに答えはない。

すみれは普段から、夕に対しては、不機嫌であるか蔑んだ様子で笑うかのどちらかだが、今回の不機嫌の原因はこの先にあるのだろう。

何を言われるのやら。

すみれがあんなに嫌がっていることだから、夕でも我慢できるかどうかはわからないが、母はもとより、生《な》さぬ仲の義父にも、実子と変わらない状況で夕を育ててくれた恩がある。

何かしらでその恩を返せるなら、そうしたいと思っていた。

せめてそれが、今の気ままな生活を奪われるようなことでなければいいと考えながら、夕は社長室の扉をノックする。

「——夕です」

一瞬、何と声をかけるべきか迷ったものの、この扉の向こうにいるのは両親だろう。

名前を告げればわかるはず、と考えてのことだった。思った通り、すぐに義父の落ち着いた声が届く。

「入りなさい」

「……失礼します……お母さん、お父さん？」

緊張しつつ踏み込んだ社長室には、やはり両親がソファに座っていた。けれど彼らは下座にいるようだった。

自然と上座の相手を見て、夕は目を大きく見開いた。

「――――！」

声を上げなかった自分を褒《ほ》めてあげたい。

夕は、その上座に座っている相手を知っていた。

忘れもしない、あれは五日前のことだった。


部長も無事、飛んでくれたし、あとは帰るだけか。

夕は空港で、海外出張に向かう部長を見送ったばかりだった。

もちろん部長は、出張くらいひとりでできるが、急に込み行った案件が入り、部長の確認が必要になったのだ。そのため、夕は同僚とともに急ぎ空港へ赴《おもむ》き、搭乗《とうじょう》するギリギリまで、部長と一緒にスマートフォンを片手に仕事をしていた。

それも無事に終わりほっとして、夕は一緒に来ていた同僚を探す。

さて、呼び出した方が早いかな……

そう思い、夕が自分のスマートフォンを見ながら足を踏み出した瞬間、階段の方から、ガコン、と大きな音がした。

驚いたものの、目の前に滑《すべ》る何かを咄嗟《とっさ》に足で止める。

「な……に？」

止めてから、誰かのアタッシュケースを踏んでいることに気づいた。

慌ててそこから足を下ろし、持ち主に見られたかも、とドキドキしながらあたりを見回す。

すると、アタッシュケースが落ちてきた階段の踊り場からこちらを見下ろしている男と視線が合った。

男は品の良いスーツに身を包んでいる。そういえば、踏み付けたアタッシュケースも高そうだ。

失敗したなぁ。せめて驚いたまま放っておくんだった……

自分の反射神経の良さが、こんな時は恨めしくなる。

どう言えば丸く収まるかな。どうか笑って許してくれる人でありますように。

夕は一度踏んだアタッシュケースを、埃《ほこり》を払うように撫《な》で、両手に持った。そしてもう一度階段の上を見上げて相手が下りてくるのを待つ。

「――す」

「放っておいてくれればよかったんだ」

すみません、と謝る前に、低い声に遮られ、夕は言葉を失った。

これまで夕が耳にした声の中でも、絶対に忘れられないと思うほど、良い声だった。

こういう声を、バリトンとかって言うのかな。

一瞬聞き惚《ほ》れたものの、その言葉の内容には眉が寄る。

「鞄《かばん》が落ち、止まるまでの計算をして、それが合っているかどうかを確かめていたというのに」

放っておいてくれれば、というのは聞き間違いかと思ったのにそうではなかったようだ。続いた言葉に夕はしっかりと顔を顰《しか》めた。

足で踏んでしまったのは悪かったが、止めてあげた夕の行動が迷惑だったと言わんばかりの発言だ。

つまりこの男は、このアタッシュケースを、わざとかどうかはわからないが階段に落とし、拾う努力もなく見送っていたというわけだ。

まさかそんな子供のいたずらじみたことを、明らかに成人している――しかも身形《みなり》の良い男がするなんて、と夕は下りてくる男を睨《にら》んだ。

「お言葉ですが、誰が通るかわからない場所でこんな重たいものを落として、子供にでも当たったらどうなさるおつもりだったんです？」

だがそこで、夕はもう一度驚いた。

遠目だと、身形が良さそうくらいにしか思わなかったが、近づけばその違和感に気づく。社会人になりそれなりに人と接していれば、はっきりとした金額まではわからずとも、身に着けているものについて、だいたいの予想はつくようになった。

この男のスーツは一級品と呼べるものに違いない。身体にぴったり合っていて、スタイルの良さを引き立てている。しかも動きやすそうだ。吊《つる》しのスーツではこうはならない。

けれど夕が驚いたのは、そのスーツを着た男の顔だ。

黒い髪は肩につかないまでも男性にしては長く、ぼさぼさで、黒縁の眼鏡は大きく、長い前髪と合わさって目の表情もよくわからない。さらに顔の下半分を、お洒落《しゃれ》だとは口が裂けても言えない完全な無精《ぶしょう》ひげが覆《おお》っている。それはまさに、得体の知れない人間の風《ふう》貌《ぼう》そのものだった。

首から上と下がまったく合ってない。

これほどちぐはぐな人も珍しいと唖然《あぜん》としたが、男は夕の様子などまったく気にしない様子で、夕より一段高い階段に留まったまま、また魅惑的な声を出した。

「どうにもならない。この時間、しかもこんな場所を子供は通らないだろう」

「そんなこと、わからないじゃないですか」

こんな時間と言うが、今はまだ昼過ぎで、しかも平日だ。この場所は空港でも端の方で、確かにメインゲートのあたりより人は少ないが、夕が利用したように、この先の化粧室を誰が使ってもおかしくはない。夕は咄嗟に言い返したものの、どうしてこんな得体の知れない人と言い合ってるんだろう、と思い始めていた。

もしかしたら、危険な人かもしれない。

すぐにここを離れるべきかも、と危機感を覚え、手に持ったままだったケースを持ち主に返そうとした。ちょうどその時。

「……おとうさーん、まってー」

夕の後ろを小さな女の子が横切って行った。もし、今のタイミングで落ちていたら、夕が足で止めなければ、重いアタッシュケースはあの子のあたりまで滑っていただろう。

女の子の先には父親らしき人がおり、振り返ってちゃんと女の子を待っている。

「置いていくよ」

「やぁだー」

からかいを含んだ親子の会話は非常に微笑ましかったが、夕と男の間には微妙な空気が流れていた。

ほら、子供がいたじゃない。

一歩間違えば、あの子に当たっていたかも、とケースを掲げて目を眇《すが》めると、男の方は相変わらず感情の読めない表情で、通り抜けて行った女の子の方を見ていた。けれど、何かを必死に探しているかのように、視線が動いている。

まるで、いたずらが見つかった子供が、必死に言い訳を考えているような——

夕が目を据わらせてじっと見つめていると、男は何やら呟《つぶや》き始めた。

「……偶然、思いもよらないことが起きる、というのは珍しくない。それを人は、必然と呼ぶこともあるだろう。とにかく、いくら仮説を立てていても、時には簡単に覆《くつがえ》されるもので……」

小難しい言葉を並べているが、結局はただの言い訳だ。相手もそれに気づいているのか、途中で言葉を切ると、ふと押し黙り、最後にぽつりと言った。

「……悪かった」

視線を合わそうともしない、子供の拗《す》ねたような態度に、夕は思わず笑ってしまった。

「別に、私に謝ることでもないでしょう。あの子は実際、無事だったわけですし」

見た目ほど危ない人ではないのかも、と夕は再度、アタッシュケースを差しだした。

何が入っているかは知らないが、結構重い。いい加減受け取ってほしいと思うのだが、男は微動だにしない。視線を上げると、相手は夕を射貫くように見つめていた。

「……あの？」

問いかけると、男は今気づいたというようにはっと肩を揺らし、アタッシュケースの取っ手ごと夕の手を強く摑《つか》んだ。

「——え?」

「……美しいな」

「は……はい?」

小さく呟いた男の声は、しっかりと夕の耳に届いた。

聞き逃せるような平凡な声でないことが災《わざわ》いしている。

何を言っているのか、と驚いたのは一瞬で、その言葉の意味を理解すれば、警戒心が湧いてくる。夕は決して「美しい」と言われるような容姿でないからだ。それは自分が一番よくわかっている。

男は夕の目から視線を外そうとしない。

さらに、取っ手ごと摑んだ手も離そうとしない。

その温もりは居心地が悪くなるほどで、やっぱり危ない人だったかも、と、夕は内心焦《あせ》りを感じて、じりじりと足を後ろへ下げていく。

しかし、男は依然として、しっかりと夕の手を摑んだままだ。

どうしたらこの場から逃げられるのか。

そこへ、遠くから夕を呼ぶ声が聞こえてきた。

「――松永さーん、帰りますよー？」

それは、一緒に空港へ来ていた同僚の声だった。

「は、はーい！」

助かった、と夕がそれに返事をすると、男の手が緩んだ。その隙《すき》にさっと手を引き、まだ夕を見つめる男に不穏なものを感じながらも会釈《えしゃく》をして、脱兎《だっと》のごとく走り去る。同僚のもとまで一気に走って、夕はようやく息を吐いた。

「どうかしました？」

「ううん、何でもないの」

正直、心臓はまだうるさいほどドクドクと鳴っていたが、無事逃げられたことでひとまずは安堵《あんど》した。夕は同僚に首を傾げられたものの、頭を仕事モードに切り替えて空港を後にしたのだった。

そしてそれ以来、思い出さないようにしていたが、忘れられることではなかったようだ。五日も経ったのに、こうして会話の内容までしっかりと覚えているのだから。

「こちらは、名城四朗さん。大学教授をなさっているのですって」

夕は社長室のソファに座る両親と、向かい側の上座に座る男性たちの視線を浴びながら、空いていたひとり掛けのソファに落ち着き、改めて相手を見た。

どう見ても、あの空港の男だ。

彼は今日もあの時と同じような出で立ちだった。

上等なスーツと、それに似合わない顔。

その格好をするのなら、せめてひげくらい剃ればいいのではないだろうか。

熊《くま》がスーツ着てるみたい。

夕はそう思ったものの、もちろん口には出さず、母の紹介を黙って聞いていた。

違和感ばかりの印象の相手は、大学教授らしい。その彼は無表情のままじっとこちらを見据えていた。

もしかして、彼もあの時のことを覚えているのだろうか。

できれば忘れていてほしい、と願いながらも、刺すような視線にじっと耐える。

「それからお隣が、お兄様の名城三樹《みつき》さん」

「初めまして、名城です」

「……はじめまして」

何も言わなかった四朗に対し、その兄と紹介された三樹は、人好きのする笑顔を見せつつ会釈をしてきた。無愛想な弟とは正反対の社交的な人だった。

それだけではない。上等な三つ揃えのスーツを纏《まと》っているのは四朗と同じだが、三樹の顔には、無精ひげどころか剃り残しも見られない。髪もすべて後へ流していて清潔感に溢れている。その容姿は日本人離れしていて、とても整っていた。

愛想も良く、格好も良い。さらには両親より若いのに上座に座っていても違和感がないほどの貫禄《かんろく》もある。これはかなり地位のある人では、と簡単に推察できるような人だった。

しかし母の説明では、隣に座る男の兄だと言う。

本当に兄弟!?

一瞬遅れて、その事実にまた驚いた。

格好だけは似ているものの、のっかっている頭部がこれほどかけ離れた兄弟も珍しい。けれどいつまでも驚いてはいられない。

この兄弟と両親は、何かしらの話し合いをしていたのだろう。夕はそこへ呼ばれたようだが、その理由はまだわからない。

紹介してくれた母に視線を向けると、少し躊躇《ためら》うような表情をされた。

「……？」

それは母には珍しい顔だった。

母は再婚してからは夫至上《しじょう》主義の人だ。夕を嫌っているわけではないが、常に夫のことが最優先される。

夕が家を出てひとり暮らしをしたいと伝えた時も、義父が一言許すと言えば、あとは何も言わなかった。

その母の、この珍しい表情の意味を量りかねていると、義父が気まずそうに口を開いた。

「……夕、こちらの四朗さんが、結婚を望んでいらっしゃるそうだ」

「………はい？」

何か、聞き間違えたような……？

理解できない顔のままで、夕は部屋を見回した。

気まずそうに視線を逸らす両親と、相変わらず愛想よく微笑んでいる四朗の兄、それから、表情がわからず得体の知れない四朗を見て、何故か彼とだけはしっかり視線が合ってしまったことにドキリとする。

四朗の視線は夕の心まで見透かしているようで、あまりの熱心さに焦りを感じた。

そこでおもむろに、四朗が口を開いた。

「――では、役所へ行きましょう」

「…………え？」

夕の頭はひどく混乱した。

いったい何が起こっているの!?

＊

名城四朗は、部屋にその女性が入ってくるなり、もしかして自分は幸運の持ち主なのだろうか、と驚いていた。

先ほどまでこの部屋にいて、金切り声で喚《わめ》き散らしていた女を「松永家の娘」と紹介された時には、自分はどれほど運が悪いのかと内心舌打ちし、胸中で祖父を罵《ののし》っていた。

殺されたいのか、あの爺さんは。

そう考えて、そういえばもう死んでいたのだったと改めて思い出す。

四朗が帰国したのはちょうど五日前だ。

祖父の訃報《ふほう》を受け、できる限り急いで飛行機に乗ったが、すでに葬儀は始まっていた。

その時のことを思い出し、四朗は舌打ちではなく深く息を吐いた。

菩提寺《ぼだいじ》で壮大に執《と》り行われた告別式は、名城コーポレーションの創始者のものとあって参列者も多かった。

親族も多いが、国内外に名の知れた巨大企業であるため、取引先の人間も多い。それにかった。

加えて、祖父の友人だの、祖父を恩師と仰ぐ者だの、個人的な交友関係の者たちも集まっているから、約五年ぶりに日本に帰ったばかりの四朗には誰が誰なのかの判別もつかなかった。

さすがに家族の顔くらいはわかるが、この膨大な数の喪服《もふく》の集団を掻き分けて、僧侶の近くの親族席に向かうほどの気力はない。すでに読経《どきょう》の始まったこの時間に入ってしまえば、悪目立ちするだけだ。

祖父には悪いが、式が終わるまで一般の参列者にまじり、控えていることにした。

祭壇《さいだん》には大きな遺影が飾られていて、四朗の立つ場所からでもよく見えた。あの写真は会社の広報誌に使っていたものだろうか。

九十歳を過ぎていたはずなのに、驚くほど元気で人を食ったような笑みを見せているその写真の人は、四朗の記憶そのままの祖父だった。

多くの親族の中で、祖父だけは四朗を理解してくれていた。幼い頃から周囲と噛み合わず、いつもひとりでいた四朗を何かと気にかけてくれていたのだ。

ＩＱが高いことがわかった後は、飛び級ができるアメリカへの留学を勧めてくれた。とはいえ、十四歳の子供をひとりで渡米させることについては、さすがに両親も難色《なんしょく》を示した。そんな彼らを説得し、ひとりでも生活できる環境を整えてくれたのも祖父だった。

その結果、四朗は日本での孤立した状況を脱し、はるかに心地よい環境で勉強することができたのである。

その恩は、生涯決して忘れることはないだろう。

爺さん、間に合わなくて悪かったな。

四朗は葬儀が終わるまで、じっと立ち尽くしたまま、祖父を見送った。

そしてしばらく経った後、四朗の携帯電話が震えた。式が終わり、家族も自由に動けるようになったのだろう。

「――これから火葬場へ向かう。向こうは親族のみだから、そっちで落ち合おう。住所はメールする」

名乗りもせず挨拶《あいさつ》もなく、ただ用件のみを伝えて切った相手のそっけなさに、四朗は血の繋がりを感じた。

およそ一年ぶりに話した兄、三樹からの連絡だった。

兄の指示に従い、周囲と共に出棺《しゅっかん》を見送ってから、人がたむろする場所から逃れるように、四朗は会場の外に出る。そこに何台か止まっていたタクシーのひとつに乗り込み、兄から届いたメールにあった住所を告げた。

火葬場は、菩提寺から車で二十分ほど離れた場所だった。駐車場で降りて建物の方に向かうと、案内が出ていたのでその通りに歩く。

最後の別れの場所には親族しかいなかった。付き合いの悪い四朗は全員を覚えているわけではないが、見知った顔はいくらかあった。

火入れには間に合ったようで、父や兄を見つけ会釈をする。声をかけるには、場所もタイミングも悪い。四朗も他の人と同じように、祖父の棺《ひつぎ》を、ただ見送った。

それが終われば、数時間はただ待つだけのようだ。

「——四朗」

呼ばれて振り向くと、兄が奥の部屋を指差していた。そちらが、控室なのだろう。

そこには、四朗にとっても身近な親族しかいなかった。

「遅かったな」

四朗が部屋に入るなり声をかけたのは、父の二郎《じろう》だ。その隣には母の良乃《よしの》がいる。テーブルを挟み、兄の三樹と、兄嫁のさき、そしてその息子がふたり、行儀よく座っていた。

それから父の妹である叔母と、その夫。彼らの子供である従兄弟はまだ大学生の兄弟で、彼らもまた大人しく側に控えている。

つまりここには、祖父が家族と呼んでいた者だけが揃っていた。

「遅れました。申し訳ありません」

「私に謝るより、爺さんに謝るべきだな」

「その通りですが……本当に急だったので」

「確かに、急なことだった」

二郎の言葉に、部屋にいた全員が神妙《しんみょう》な顔で頷いた。

祖父は亡くなる前日まで、自分の足でしっかりと歩き、いつもと変わらずはっきり喋《しゃべ》っていたらしい。それが突然胸を押さえて倒れ、病院に運び込まれた時にはすでに手の施《ほどこ》しようがなかったそうだ。

あまりに呆気ない最期には、家族の誰もが呆然としたが、このあっさりとした別れも実に祖父らしいと、しばらくの後、苦笑し合った。

病気や怪我で子供の世話になることもなく、自分の幕を自分で下ろした祖父。彼は激動の時代を生き、自分のやりたいことを全力で貫き、元々資産家ではあったが、自ら会社を立ち上げ、それを世界規模にまで広げた。

その手腕は、誰かが簡単に真似できるものではないだろう。

祖父は、死後のことについてもすべて整えていたらしい。でなければ、死亡が確認されてからこんなに短期間で、この規模の葬儀と告別式を執り行えるはずもない。

式の進行はもちろん、案内状を送る相手のリストとその手配、さらに香典返しのことまですべてきっちり決められていて、残された家族がすることはほとんどなかったのだという。

四朗が間に合わなかったのも仕方がない。

「お祖父さんらしいですね」

苦笑した兄に、やはり全員が同意した。

「会社の方は？」

いつも仕事に慌ただしい父や兄も、同じ会社に勤める叔父もここに揃っている。彼らのことだから、抜かりはないとは思うが、念のため聞いてみた。

「すべて段取りはつけてある。ここにいるのは、弁護士を待っているからだ」

「弁護士？」

四朗が問い返したのと同時に、壮年の男が姿を現した。

「皆さま、お集まりですね」

長年、公私ともに祖父を支えてくれた弁護士だ。もちろん、ここに集まる者とも顔見知りである。

ただこの場は、家族だけで祖父のことを偲《しの》ぶ時間を、ということで用意されていると思っていた。弁護士がいったい何の用なのか。

四朗が訝しげに眉を顰《ひそ》めていると、答えをくれたのは兄だった。

「お前のせいだよ」

「……私の？」

「そうだ。お前のことだから、葬儀が終わってしまえば、もう日本に用はないと、すぐにアメリカに戻ってしまうだろうと踏《ふ》んで、お祖父さんがあらかじめ決めていたんだ。お前が日本に帰って来たのを確認したら、可能な限り早く遺言状を開くように、と」

「――まさか、そんな」

いくらこれまで家族に不義理をしてきた四朗でも、自分が一番世話になった祖父への時間をケチるほど薄情ではないつもりだ。

だが驚くことに、四朗以外の全員が祖父の読みに疑いを持っていないようだった。

釈然《しゃくぜん》としない四朗は、弁明するための言葉を紡ごうとするが、「揃ったのならさっそく始めましょう」と、弁護士がさっさと遺言状を開いてしまったので、口を噤《つぐ》まざるを得なくなった。

遺言状の内容は、主に財産分与についてだった。

しかし、そのことについてはすでに、生前の祖父から聞いている。四朗にはいくつかの不動産と株が分け与えられるようだが、そもそも四朗は祖父の財産など当てにしていなかったし、もらえるはずのものが他の家族の手に渡ろうとも特に文句はない。興味がないのだ。

だからこのような確認も、後日書面で送ってもらえればそれでよかった。祖父も四朗のそんな性格は知っているだろうに、何故四朗のいる場で公開する必要があるのか。首を傾げていると、弁護士は最後に懐《ふところ》から白い封筒《ふうとう》を取り出した。

「――これは、四朗様へのものです」

「……私に？」

財産は充分すぎるほどもらっている。これ以上、祖父が自分に何を残そうとしているのか、皆目見当がつかなかった。

弁護士から渡された封筒はきっちりと封がされていた。四朗は外側を確かめ、宛名が確かに自分のものであるのを確認してから、全員の前で封を切る。

「そちらは、遺言状ではなく、一樹《かずき》様から四朗様へのお手紙です。法的な効力はございません。ですが、四朗様への最後のお願いだとおっしゃっていました」

慈愛に満ちた弁護士の言葉を聞きながら、四朗は中に入っていた便箋《びんせん》を開く。

速読が得意な四朗はすぐに読み終えてしまったが、内容への理解が追いつかなくて、眉根を寄せてもう一度読んだ。

「――は!?」

彼にしては珍しいことに、思わず呆けた声が出た。そのせいで、家族もその内容に興味を示し始める。

「四朗、爺さんはなんて書いていたんだ？」

父に問われ、四朗は文章を読み直す。今度は時間をかけてゆっくりとだ。

十行ほどの文章だ。こんな短い文章を三度読み返すなど、これまでの四朗の人生では初めてのことだった。

四朗は大いに混乱していたが、ひとまずは父の問いかけに答えるべきだろうと、未だ信じられないながらも全文を読み上げた。それは、混乱した自分を父なら助けてくれるかもしれないと思ったからでもあった。

『四朗へ
この手紙を読む頃、儂《わし》はもうこの世にはおらんじゃろう。さて、それで話しておくことがある。四朗、お前は昔から独立心が旺盛《おうせい》で独創性の塊《かたまり》のような子じゃった。この狭い日本では、何かと暮らしづらかったじゃろう。今は、そこでの暮らしは、満足しているか？　しているじゃろうな。していなかったらお前のことだ、自ら新しい場所を求めて動いているじゃろう。それでな、もしもお前が、そのきっかけを作ってやった儂に少しなりとも恩を感じておるのなら、儂の人生で唯一の心残りをなくしてほしい。儂も若い頃は、いろいろと無茶なことをやらかしてきた。それが悪かったとは今でも思わんが、ただ、老い先短いこの歳になっても、あの人のことを考えると心が苦しくなることがある。じゃから、お前に頼む。松永家には今、年頃の娘さんがおる。お前に彼女を幸せにしてやってほしい。頼んだぞ。
爺』

手紙を読み上げた後、四朗は思わずそれを握りつぶしそうになっていた。

確かに祖父には恩がある。返しきれないものだとも思う。

しかし、だからと言って、この頼みはないだろう。

四朗が祖父に怒りを感じて唸《うな》っていると、いち早く我に返った父、二郎が口を開いた。

「松永家……確か、爺さんが若い頃に噂になっていたと聞いた気がするな」

「お祖父さんと？」

「あ、私も知っているわ……元々、お母さんはお父さんの婚約者だったそうなんだけど、お父さんが身分差のある娘に恋をして三角関係になったとかどうとか……」

叔母までがそんなことを言い出して、なんとなく祖父の心残りの意味を理解する。

結局祖父は、ふたりの女性のうち、祖母を取った。だから、振った娘のことがずっと気になっていたのだろう。

しかし今、その松永家に年頃の娘がいるというのなら、祖父と噂になった相手も結婚して子供を産んだのだろう。今更過去のわだかまりをぶり返してどうするつもりなのか。

そもそも、いったい何をすれば祖父の願いを叶えたことになるのかわからない。

祖父の子供である父と叔母の話を聞いて途方に暮れそうになったが、兄の三樹は冷静に解決策を導き出した。

「幸せに……幸せに、か。とりあえず、その松永家の娘とやらを調べてみましょう。そしてその娘にとって何が幸せなのか聞いてみるのがいいだろう」

「三樹さん、女の幸せといえば決まっているわ」

三樹の発言を受け、妻のさきが口を挟んだ。兄の三樹は、経営者になるべく生まれついたような男で、仕事に対する姿勢も人としての振る舞いも素晴らしい。四朗も心から尊敬している。しかし、ひとつ欠点がある。妻の言うことには滅多《めった》に逆らわないのだ。

この傾向は父にもあって、これはもはや血の呪《のろ》いに違いないと四朗は思っている。

「女性はね、結婚して幸せになるものよ」

さきの言葉に母も叔母も同意したものだから、四朗が何かを言えるはずがない。祖父の遺言は「松永の娘との結婚」に決められた。

面白そうな顔をした父と、妻の言葉に納得した兄、そして叔父。さらには可哀想にと憐《あわ》れみさえ浮かべる従兄弟たちを四朗はしっかりと睨んだ。

つまり四朗は、まったく知らない女と、結婚しなければならなくなったのだ。


祖父についての諸々の手続きが終わった途端、松永家の調査が始まった。あまりに祖父らしい最期だったために、誰も泣いて暮らすということは考えなかったようだ。もちろん、不可解な遺言を押しつけられた四朗は悲しくなるどころか、死んでからも影響力を及ぼす祖父を憎らしく思っていた。

ともあれ、この突拍子もない祖父の遺言を、どうすれば松永家の者たちに快《こころよ》く受け入れてもらえるかを考えなければならない。

会社を経営する松永家には、現在娘がふたりいる。その時点で四朗は「日本では重婚《じゅうこん》は認められていないから、ひとりとしか結婚できない。ならば結婚以外の方法を考えるべきだ」と提案してみたが、すげなく却下された。

祖父もそこまでは鬼ではないはずだから、ひとりを幸せにするだけでよいだろうという、母と義姉のよくわからない意見に、誰も異を唱えられなかった。名城家の女性陣が結婚にこだわっている以上、それ以外の選択肢はないのだと、四朗は悟った。

四朗は、娘ふたりのうちのどちらかを幸せにする必要がある。

松永家はそもそも、祖父と騒動になった頃は、小さな町工場の経営者でしかなかった。それを今の規模にまで盛り上げたのは、祖父と恋に落ちたという娘の夫らしい。彼女も彼女で、なかなか良い縁に恵まれたのではないだろうか。

けれど後継者には恵まれず、必死に今の規模を保つ状態が続いている。

現在、その松永家と名城家の付き合いはまったくない。どうしたら自然に接触できるかと考えた結果、松永の会社に融資をする方向で話を持っていくことになった。

調べてみると、松永の会社は今すぐどうにかなる、という状態でもないが、年々少しずつ業績は下がっており、将来が不安視されていた。そこへ名城コーポレーションという大企業が融資をするというのだから、悪い話ではないだろう。とはいえ、突然融資を申し出ても、相手も警戒するに違いない。だが、松永の会社は技術力についてはよいものを持っていた。その技術力を見込んで融資をすることは特段おかしいことではない。名城家はこの先、海外よりも日本国内の力を底上げする、という目標を掲げていて、国内企業の融資先を探している、ということにした。しかしそれでも、相手にとっては良すぎる条件だ。

そこで、四朗との結婚を提案する。

名城家の問題児を押し付けるという条件を付ければ、相手も腑《ふ》に落ちるだろう、というわけだ。非常に大雑把《おおざっぱ》でありえない話ではあるが、案外渦中《かちゅう》にいる者はそのおかしさに気づかないものらしい。三樹はこのたぐいの交渉術に長けているので、きっとうまくやるだろう。

問題児扱いされた四朗はここでも「祖父の遺言のことを正直に話せばいいのでは」と提案したのだが、それこそ信じてもらうのが一番難しいと判断された。信じてもらえたとしてもきっと丁重に断られるだろうと。四朗は、それならそれでいいのでは、と思ったし、融資だけでもその娘は幸せになるのでは、と思ったのでそれを言えば、義姉たちに睨まれたので、もう意見することは諦めた。

企業の上層部にいれば、政略結婚は今でもままあることらしい。

まさかそれに自分が関わることになるとは思ってもみなかったが。

方針が決まったところで、さっそく松永家に連絡を取った。相手は戸惑いながらも融資の話と政略結婚の話を受け入れてくれた。そこで今日、ようやく結婚相手と対面することになったのだった。


四朗は最初に紹介された、すみれとかいう女にはまったく興味が持てなかった。いや、むしろ会って声を聞いただけで気分が悪くなった。

四朗は、幼い頃から勉強を好んでいた。勉強というよりも、新しい知識に飢えていたのかもしれない。書物から学ぶだけでは飽き足らず、調べたいことがあればどこにでも出向いた。そうしているうちに、元々の知識に経験が加わり、相手を見ただけでどんな人間かを見抜く力が自然とついていた。

そのおかげで、初対面の相手でも一目見れば、おおよその人物像が見える。そしてそれは、大概間違っていない。

すみれは容姿の美醜《びしゅう》でいえば、美しい方に分類される女だろう。しかし、兄の三樹に媚《こ》び売るような視線を向ける一方で、四朗に対してはあからさまな侮蔑《ぶべつ》の目を向けて来た。さらには、下座に座りながらも一番偉いのは自分だと言わんばかりの態度を崩《くず》すこともなく、四朗が言えるものでもないが、とても社会人とは思えなかった。

四朗たちはどこに座らされようと構わなかったが、座る場所を指定したのは松永夫妻の方だ。そこから、彼らがこの融資を含む婚姻をどう扱おうとしているかが見えてくる。

すみれは、両親への配慮も足らず、話し方も甘えた様子が抜けておらず、これと結婚しなければならないのか、と考えるだけで四朗はうんざりした。

だが当のすみれは、四朗を結婚相手として紹介されるや否や、はっきりと眉間《みけん》に皺《しわ》を寄せた。さらには、四朗の仕事が大学教授であり、名城コーポレーションに関わることもないとわかると、急に怒り出した揚《あ》げ句《く》、うるさく喚き出し勝手に部屋を飛び出して行った。

理由はわからないが、助かった。

四朗は甘んじて受け入れるつもりだったが、向こうが跳《は》ねのけたのだ。

祖父の頼みは、「娘を幸せにすること」だ。つまり、相手が嫌がっているのに結婚はできない。よって、四朗があの娘と結婚するという案は完全になくなった。他の案を考えねばならなくなったが、四朗の平穏な生活はひとまず守られた。

そう安堵しかけたが、松永家にはもうひとり娘がいたのだった。そちらも同じような反応をしてくれますように、と願いながら扉に目を向ける。

しかし彼女が部屋に入って来た瞬間、そんな考えは吹き飛んだ。

四朗は帰国直後の彼女とのやりとりを思い出していた。

あれは、四朗にとって忘れられない出来事だった。

胡散臭《うさんくさ》そうに四朗を見つめる彼女は、目立った特徴もなく、平凡な日本人に見えた。それが、彼女が笑った瞬間、視界には彼女しか映らなくなった。他人に対し、「美しい」という表現を使ったことも初めてだった。

化粧《けしょう》気のない彼女の顔は、海外暮らしが長い四朗には学生のようにも見えた。背筋をぴんと伸ばしてこちらを見上げてくる様子も、どこか子供じみていてかわいらしかった。

かわいらしい。

そう思ったのも初めてだった。どうしてそんなふうに思うのか、四朗にはまったくわからなかったが、彼女のような人と結婚したい、とその時ふいに思ったのだ。四朗は、目の前に再びその彼女を見た瞬間、すべての意識を奪われていた。

四朗は一瞬で心を決めた。

「――では、役所へ行きましょう」

「――は？」

四朗はまっすぐに、紹介された夕を見つめていた。

松永夕。

あの時名前を聞かなかったことをとても後悔したが、こうして巡《めぐ》り合えたのだから、やはり運命というものはあるのかもしれない。

改めて見ても、夕は美しかった。

相変わらず化粧気のない顔に、服装も以前会った時のようなシンプルなものだったが、四朗には彼女が輝いて見える。

普段は冷静に人を分析する四朗だが、彼女に対しては持ち前の観察眼がまったく機能していないようだ。彼女はどんな女性なのか。

彼女について考え始めると、出口のない迷路に頭を突っ込んだ気分になる。

彼女は本当に美しい。

何といっても、骨格が素晴らしい。完璧な左右対称になっているのだ。

これほど美しい形を見たのは、初めてだった。

ぜひ触らせてほしい。

四朗は気持ちが急いていた。

結婚することはもう決まっているというのに、何故か周囲の反応が鈍《にぶ》い。四朗はそれに苛《いら》立《だ》ちを覚え、顔を顰めつつ周囲を見回した。

「結婚するには、まず届け出が必要でしょう。私の住まいは今アメリカにありますが、戸籍は日本のままです。ですから、日本で書類を提出するのには何の問題もない」

「は……あ、の」

戸惑いの声を出したのは、夕の父親である竜則《たつのり》だ。その隣に座っていた母親の朝子《あさこ》も不安を隠せないといった表情をしている。

　夕を見れば、形のよい目を真ん丸にしてこちらを凝視していた。小動物がびっくりしたような顔だ。非常に愛らしい。

「待ちなさい、この馬鹿者が」

　彼女の手を取り、すぐにでも役所へ向かおうとしていた四朗に待ったをかけたのは、その場で唯一四朗を止めることができる兄の三樹だ。

　彼は四朗をひと睨みしてから、愛想のよい笑みを相手方へと向ける。

「――申し訳ありません。どうやら弟はお嬢さんに一目惚れをしてしまったようです……普段は非常に優秀で、いや、冷静すぎて人間離れしているとも揶揄《やゆ》される弟なのですが、順序もわきまえられないほどどうにかしてしまったようで。一度頭を冷やさせて、改めて伺います」

「兄さん」

「夕さんも、驚かれたことでしょう。ですが、こんな弟でも悪い奴ではないのです。どうかこのお話、前向きに考えてみてはいただけませんか……もちろん、どうしても無理と思われれば、遠慮せずにはっきりとおっしゃっていただいて構いませんので」

「ちょっと待て、それは――」

「それでは、本日はご多忙の中お時間をいただき、ありがとうございました」

「兄さ――」

四朗の言葉をまったく聞こうとしない三樹は、強制的に四朗を立たせ、頭を下げさせると、聞き分けのない弟を半ば引きずるようにして、社長室を後にしたのだった。

2章

いったい何が起こったのだろう。

夕が我に返ったのは、名城家の兄弟が瞬く間に社長室から出て行って、しばらくしてからだった。両親も同じように呆然としていたようだから、ぼんやりしていた時間は結構長かったかもしれない。

とりあえず言えるのは、寝耳に水の話、ということだ。

混乱しながらも両親に説明を求めると、先日突然、名城家の方から融資を持ちかけられたらしい。

いったいどうして、と慌てたが、義父は昔、母親が名城家の者と恋に落ちたという話を知っていた。しかし結果としてそれは叶わず、名城家との付き合いもなくなった。

けれど向こうは律儀にも忘れていなかったようで、何かあれば手を差し伸べようとしていたという。そこで、国内企業の新たな融資先を考えていた時、真っ先に候補として挙げられたのが松永家だったというわけだ。

義父の会社は順調だと思っていたが、このところの業績不振で不安もあったようだ。銀行からのさらなる融資を考えていたところだったというが、直近の業績だとうまく行くかどうかといったところで、この先を憂いていた矢先だったらしい。

渡りに船とはこのことだが、何の前兆《ぜんちょう》もなく現れた救いの手には、さすがに義父も不審を抱いたようだ。けれど相手の望みは融資だけではなかった。この先互いの家を強く結びつけたいと、過去の不始末をこんな形ではあるが償いたいと言い出し、結婚の話を持ちかけてきた。

まごうことなき、政略結婚だ。

しかしこの話は、すでに自立していた夕には関係のない話だった。両親も当初は妹のすみれへの話として受け取っていた。義父の会社に腰かけの状態で就職していたすみれは、最初はとても乗り気だったという。

何しろ、あの名城家だ。夕もその名前を聞けば相手がどれほどの家なのかはわかる。

名城コーポレーションは日本を代表する大企業だ。その名城家に嫁げるというのだから、昔から玉《たま》の輿《こし》に乗りたいと言っていたすみれにはうってつけの相手だっただろう。

けれど、すみれは逃げ出した。

相手が、四朗という男だったからだ。

彼は大学教授であるらしい。寝食を忘れるほどの研究好きで、名城家の仕事には一切関わろうとせず、自分の見た目にも興味がないようだ。

すみれにしてみれば、思っていたのと違って腹が立ったのだろう。だが、両親はある程度の予想ができていたはずだ。

いろいろな理由があったとしても、松永家への融資はあまりにタイミングと都合が良すぎる。何かしらの思惑があるだろうと思っていたところに、結婚相手が変わり者の四朗だとわかった。そこでもしものことを考え、夕を呼び出していたようだ。

どうりで急いで呼び出されるはずだ、と納得する。

「あの人と……私が結婚するの？」

「ああ、いや、嫌なら断ってもいいんだよ」

優しい義父はそう言ってくれるが、その隣に座る母は、「断るつもりなの」と驚いた顔を娘に向けている。

母にしてみれば、親を助けようとしない娘が理解できないのだろう。

「その……つまり、名城家からの融資を受けた方が、会社にとっていいってこと？」

「…………」

困り顔の義父の答えは、沈黙だった。

名城家の兄の方は、帰り際に「断ってもいい」と言っていたが、断ればきっと融資は受けられないだろう。

つまり、そういうことだ。

名城家の厄介者と結婚してもらうための融資なのだろうから。

夕は深く息を吐いた。

どうしてこうなったのかなぁ。

夕は諦めに似たものをすでに抱えて、その日は帰ることにしたのだった。

＊

「どうして止めるんだ？」

「お前はまったく……頭がどうかしてしまったんじゃないのか？」

四朗は兄に引きずられるようにして松永の会社を出て、待機していた車に放り込まれた。

子供のような扱いに不満しかないが、三樹は珍しく厳しい顔をしている。

「いや、むしろ非常に調子がいい。それに私は、爺さんの遺言通りにしようとしただけだ」

「そんな言い訳が僕に通じると思っているのか？　お前、彼女に惚れたんだろう」

「……惚れ、るというものかよくわからないが」

三樹は呆れを滲《にじ》ませて大きく息を吐いた。

「昔から自分のことに夢中で、できる限り他人に関わることをしなかったお前が、突然、初対面の女性に婚姻届を出しに行きましょう、なんて言い出す理由が他にあると思っているのか？　最初に紹介された娘の方にはまったく興味も示さなかっただろう。お祖父さんの遺言云々で言うのなら、そっちの娘でもいいはずだが？」

三樹は兄であるだけあって、四朗をよく理解していた。

けれど四朗も言われっぱなしではない。

「それでも……今回の目的は、爺さんの遺言を果たすことだろう？　それならどうして止める必要がある？」

「どうしても何もない。いくら政略結婚といえど、すぐに役所へ行こうとする奴があるか。本当にお前は、勉強はできるが常識が抜けているな……こうなってしまうと、それを教えることなく外へ出したお祖父さんを恨めしく思うよ」

これでも、一般社会で暮らしていけるだけの常識は持っているつもりだ。

四朗は、断言する三樹に不満を持ちながらも、兄には何を言っても勝てないことはわかっているから、口を噤むしかない。

「相手のことを考えて行動しろ。少なくとも、初対面の男とすぐに婚姻届を出しに行く女性は滅多にいないだろう」

「しかし……」

「しかしもかかしもない。お前は少し、女性の気持ちについて学んだ方がいい。ちょうどさきが家にいるから、教えを乞《こ》うといいだろう」

「――それは」

四朗ははっきりと顔を顰めた。

兄の妻である、義姉のさきのことを、四朗は苦手としていた。

確かに、見た目は美しい。何でもそつなくこなす彼女は、よくできた妻であり嫁である。名城家の親族はもとより、会社の取引先からも評判が良かった。

しかしそれらはすべて、三樹の妻の座を得るために習得した外面だ。彼女は綿密な計画により兄を射止めた強《したた》かな女なのだ。

兄はそれに惑わされている。あまり言いたくはなかったが、いい機会だから話しておくべきだろうと思い、四朗はさきのことについて兄に告げた。

「兄さんは、ちょっと義姉さんを信用しすぎている。兄さんは女性に甘いところがあるから気づかないのかもしれないが、彼女は人がよさそうに見えて、実のところは計算高い外面のいい女なんだ。甥《おい》たちの教育についても、習い事が多すぎやしないか？　子供は学びたいものだけを学べばいいんだ。幼い頃からあんなふうに何でも親に決められては、自主性が育たないだろう。勉強については、私がやりたいことを学ばせてくれたからこそそう思うんだが……」

四朗はつい愚痴《ぐち》のように話してしまっていた。

こういうことは告げ口のようで好きではないから言いたくなかった、と最後に告げると、兄は深く頷いた。そして表情を変えることなく、言ってのけた。

「――つまり、僕が好きで、欲しくて仕方がなかったということだろう？　僕を手に入れるために最大限の努力をしたということじゃないか。男冥利《みょうり》に尽きる。嬉しいことだな」

「――何だって？」

「子供のことだってそうだ。先のことまでちゃんと見通して、できうる限りのことをしてくれている。安心して家を、子供を任せておけるから、僕は仕事に専念できる。彼女ほどできた妻はいないだろう」

まさか三樹からそんな言葉が返って来るとは思わず、四朗は言葉をなくした。

いったいどうしてそんな答えになるのかさっぱりわからなかった。

正直、付き合っていけないタイプの女だと思っていたが、見方を変えればまったく違う評価になるというわけだ。

つまり兄は彼女に騙《だま》されたわけではなく、ちゃんと相手を見て選んでいたのか。

それに比べて自分は、勉強や研究に夢中で人付き合いに興味がなく、自分の好みで相手を判断して付き合いを狭《せば》めている。兄の言う一般常識の欠如は、そんなところからくるのかもしれない。これまで自分に不満はなかったが、不完全かもしれない自分に気づかされ愕然《がくぜん》とする。四朗は久しぶりに、兄に説《と》き伏せられ、肩を落とした。

そして三樹は兄らしく、そんな四朗に躾《しつけ》を怠《おこた》らなかった。

「ところで、僕の妻を貶《けな》した覚悟は、できているんだろうな？」

「――――」

いつも人当たりのよい笑みを浮かべている兄だが、当然優しいだけでは大企業のトップは務まらない。彼はこの笑みのまま、どんな処分も下せる。実のところ、父よりも怖い経営者なのだ。

車内が凍りつくような笑みを向ける三樹に、四朗は失言を悟り、ブリザードに晒される覚悟を決めた。


四朗は翌日、もう一度夕に会いに行った。

婚姻届は持っていない。

すぐにでも出したい気持ちはあるのだが、兄の話から、それは時期尚早《しょうそう》であるのだと、なんとなくだが理解した。

つまり、相手の気持ちをはっきり聞いていないのがいけないのだろう。

第三者がいる場所では、うまく伝えられないこともある。

そこで四朗は、あらかじめ住所を調べておいた夕の会社の近くで、彼女が退社してくるのを待った。

呼び出してしまえば早いが、仕事を中断させるのは悪い。仕事を中断させられることを何より嫌っている四朗だから、それはよくわかっている。

夕方五時を過ぎると、夕の会社が入っているビルから多くの人が出てきた。しばらく待っても彼女は出て来ず、せめて連絡先くらい聞いておくべきだったと今更ながらに気づき、四朗は昨日の自分に舌打ちする。

そうして六時が近づいた時、ようやく夕の姿をみとめて安堵する。

遠くからでも、どんなに小さな姿でも、彼女のことは見つけることができる。

何故なら、彼女が美しいからだ。

さっそく声をかけよう、と足を踏み出そうとしたところで、彼女が振り向いているのが見えた。誰かに呼び止められたようだ。

誰だ、あの男は。

そこで四朗は初めて、夕にすでに相手がいるかもしれない可能性に気づいた。あんなに魅力的なのだから、すでに他に男がいても不思議はない。

夕に声をかけた男は、馴れ馴れしく彼女に近寄り、顔まで近づけて話をしている。

けしからんことだ。

夕の半径五メートル以内に自分以外の男は近づくべきではない。気づけば四朗は憎らしい男を睨み付けていた。

もしあの男と夕が付き合っていたら、どうするか。

自問してみたものの、答えは決まっている。

夕と結婚するのは四朗以外にありえない。他の男など、関係ない。

出会った瞬間から、夕は四朗のものになると決まっているのだから。

四朗は、空港での出会いを思い出す。

花が咲くように笑った夕の顔が思考を埋めていく。あの時、祖父の葬儀を控えていなければ、夕の手を摑んだまま離さなかっただろう。

彼女への気持ちが溢れ出し、四朗は待ちきれず足を踏み出していた。

そしてあっという間に夕に近づき、後ろからその手を摑む。

「――っ!?」

すぐさま振り向いた夕は、四朗を見て驚いていた。

丸くなった目がかわいい。

そんなことを考えていると、夕と話していた男が不審そうな目を四朗に向けてきた。

「松永さん、知り合いですか？」

警戒レベルを目いっぱいに引き上げて睨んで来る男を、四朗も負けじと睨み返す。

男は夕より年下のようだ。髪型は清潔感があり、着ているスーツも自分に一番似合うものの中から無難なものを選んでいるようだ。けれどそれらはすべて、世間の目を意識しているだけの中身のないタイプの特徴のように思えた。こういう輩は、自分の正しさを疑わず、かといってひとりで戦うこともしない。周囲の人間を味方につけて、自分を擁護《ようご》し、数で相手を攻撃しようとする。

その証拠に、初対面の四朗に胡散臭い表情を隠さず、自分の主張が正しいと夕を巻き込もうとしている。

四朗は、夕にそんな男に関わってほしくなくて、冷ややかな視線を返して言った。

「婚約者の手を取って何か悪いことでもあるのか」

「――は!?」

「え……っ」

男の方はわかるが、何故夕も驚いているのかわからない。

空港で出会った時から四朗と結婚することはわかっていた。さらに昨日の、変則的ではあるが、お見合いのような場で決定的になったはずだ。

「ちょ、ちょっと、松永さん！　付き合ってる男はいないいって……！」

「え、い、いないわ！　いないけど！　ちょっと待って……！」

何故か男と同様に慌てている夕は、四朗に摑まれたままの手を見下ろし、頬《ほほ》を赤く染めている。

恥ずかしがっている姿も大変愛らしい。

しかし夕は、赤い顔のまま、もう片方の手を使って四朗の手を引き離した。

「ちょっと、離してください……！」

「松永さん、この人、誰ですか？」

「だから、私は夕の婚約者だと言っている」

「僕は松永さんに聞いているんです」

「夕に聞かなくても、私の答えで充分だろう」

この男は夕に邪《よこしま》な想いを抱いている。

そんなことは、プロファイリングしなくてもわかる。夕は四朗のものと決まっているのに、一人前に食ってかかる姿が生意気だ。

睨み返し、決定的にわからせようとしたところで夕が慌てて割り込んで来た。

「やめて！　やめてくださいふたりとも！　こんなところで騒がないで！」

「騒いでいるのは私ではない」

「もう……！」

顔を赤くして怒る夕もかわいい。

尖らせた唇は、私に「奪ってほしい」と主張しているのだろうか。

「……高瀬《たかせ》くん、ごめんなさい。今日はこれで帰ります。また明日」

「え、でも……」

「大丈夫、この人は知り合いだから……」

「……何かあったら、電話くださいよ。すぐ駆けつけますんで」

「ええ、ありがとう。じゃあ、お疲れさま」

夕はこの高瀬とかいう男に見切りをつけたようだ。

しかし、夕は四朗に強く厳しい視線を向けてきた。そして身体を横へ向け、歩くように促《うなが》す。ついて来いということのようだ。もちろん四朗に異論はないので素直に従う。

しばらく歩き、周囲にひと気がなくなったところで、彼女は四朗を振り返った。

「いったい、何を考えていらっしゃるんです？」

「……何を、とは？」

四朗の目的は決まっている。夕との結婚だけだ。

祖父に勧められたことではあるが、出会いは運命だったと思っている。

「それに、婚約だなんて……勝手に」

「勝手も何も、決まったことだろう」

「……そんな、こと、わかってます」

夕の声は絞り出したように掠れていた。

顔が翳《かげ》っているのも気にかかる。

四朗が見たいのは、そんな顔ではない。

あの日、四朗の世界を華やかに色づけたような笑顔が見たかった。

それなのに、夕はきゅっと唇を噛み、四朗とは視線を合わせないまま続けた。

「結婚は……します。それが条件なんだから。私だって、ちゃんとわかってます。でも、こんなところにまで来るなんて……こんなふうに念押ししなくても、私は逃げたりしません。私は、すみれと違って逃げられないんだから……だから、もう来ないでください。お話は、両親が進めてくれるはずですから」

「………」

夕の言葉に、四朗は何の言葉も返せなかった。

夕は苦しそうに顔を歪めている。それはまるで、泣き出す前の表情に見えた。

四朗の頭の中では、夕の言葉が大きく響いている。

条件？　念押し？　逃げられない――？

夕が何を言っているのか、四朗は理解できなかった。

まるで、本当は嫌なのに、仕方なく結婚する憐れな女性のようではないか。

四朗は、夕が礼儀正しく頭を下げて去って行くのを、ただ呆然と見送ることしかできなかった。

それから、どうやって帰ったかは覚えていない。

気がつけば、滞在中のホテルに到着していた。

そこは名城家直営のホテルで、実家にいるより気楽なので、四朗は帰国するたびこのホテルに泊まっていた。おかげで、ホテル側の人間も四朗のことをよくわかってくれている。

四朗はフロントを通り過ぎようとしたところで、従業員に声をかけられ足を止めた。

「四朗様、お手紙が届いております」

「……手紙？」

アメリカや実家ではなく、このホテル宛てにいったい誰が手紙を出すというのだろう。

「日付指定郵便で、届いたようです」

何故相手は、四朗が今ここにいることを知っているのか。

少々不審に思いながらも、ぼんやりとしていた四朗は、それ以上深く考えることなく封書を受け取り、部屋へと向かう。

スイートルームの扉を開けて中に入ると、リビングにある大きなソファにどかりと腰を下ろし、封書を開けた。

中から出て来たのは、ひどく短い文章の手紙だ。

『四朗へ
　強引に引っ張っても女性はこちらを振り向かぬぞ。
爺』

爺さん!?

まるで自分の行動を見ていたかのような指摘に驚き、思わず周囲を見回すが、祖父はすでに死んでいる。

ということは、四朗の行動を予測して、このタイミングで手紙を送るようにしていたということだろう。

空恐《そら》ろしくもなったが、あの祖父ならありえないことではないな、と苦笑いをし、短い手紙をもう一度読み直す。

引っ張るだけでは振り向かない。

確かに、その通りなのだろう。こわばった夕の顔が、脳裏に焼きついている。

どうやら、かなり頭を冷やさなければならないようだ。

四朗は、昨日兄から指摘を受けたことを、今になってようやく理解した。夕との気持ちのすれ違いもはっきりしている。それを改めなければ、決して先には進めないだろう。

四朗は額《ひたい》に手を当てて、深く溜め息を零した。

3章

翌日、夕は会社の自席に座るなり、頭を抱えた。

まさか、会社にまで来るとは思っていなかったからだ。

夕と一緒にその場面に遭遇《そうぐう》した、後輩の高瀬からはしつこく問い詰められたが、「知り合いが罰ゲームで冗談を言ってきたの」と誤魔化した。

どこまで誤魔化されてくれたかはわからないが、とりあえず質問されなくなったからよしとする。

とはいえ、根本的な問題は解決していない。あの日、父の会社で再会した彼は、黙ったままで夕の顔をじっと見ていたかと思うと、突然「婚姻届を出す」と言い出した。

何の冗談なのか、それともさっさと義務を済ませたいと思っているのか、その時の夕にはわからなかった。

だがあれが冗談でなかったのは、彼が会社まで押しかけてきたことから察せられた。

夕は結婚することになるだろう。

これまで自分を育て、ひとり暮らしという自由をくれた両親に、嫌だとは言えない。すみれの理想は高いから、ひげ面で髪がぼさぼさな男はそれだけでアウトだ。格好はともかく、あの顔ではすみれが結婚することはまずないだろう。だから、これは夕の仕事だ。夕は家族の中での自分の立場を理解していた。

母とふたりで暮らしていた頃は、一緒に笑ったり泣いたり怒ったりと、感情を共有していたが、再婚し、周囲から「玉の輿に乗った」と揶揄されるようになってからは、母は常に夫を優先させるようになった。母の思う「良妻」を演じることで、周囲からの僻《ひが》みや非難から逃れようとしていたのかもしれない。

義父は優しい人だったけれど、子供のことは母に任せきりだった。彼の実子であるすみれが気安く甘える一方、夕は、他人であり初めて暮らす父という存在にどこまで踏み込んでいいのかわからずにいた。

そのうち、義父は夕とだんだん距離を置くようになり、夕もその距離にもう悩む必要はないと受け入れてしまった。

そして母も、そんなぎくしゃくした関係をどうにかするつもりはないようだった。それだけではなく、義父のかわいがるすみれのことを、はっきりと優先するようになった。

「夕はお姉ちゃんだから、大丈夫よね」最初に言われたのはそんな言葉だったと思う。

それ以来、すみれが最優先されるようになった。母に「我慢できるでしょう」と言われれば、それ以上のわがままを言えるはずもない。確かに夕は姉であり、年下のすみれに譲ってあげなければならないこともある。

ただそのせいで、すみれのわがままな性格が増長したとも言える。しかし両親からすれば、彼女のわがままなど「かわいいもの」で済まされる。

けれど夕にとって彼女のわがままは、「かわいいから」ですべてを許せるものではなかった。それに一緒にいると、見た目も華やかな妹と比べられ、すみれ自身にもそれを引き合いに出されて蔑まれてきた。それが辛くても、すみれのわがままを許す両親には伝わらないままだった。

だが、夕も小学校を卒業する頃には軽く扱われることにも慣れ、変に達観するようになり、すみれの相手も適当にしていればいいと思うようになっていた。

目鼻立ちがはっきりとした華やかな美少女であるすみれと、大人しくて地味な夕。

家族以外の周囲の反応もだいたい変わらない。つまり、すみれは「明るくかわいい子」で、夕は「子供らしいところがなく近寄りがたい子」だ。

そう思われてしまう原因は、何でも簡単に諦める自分の言動にあるのはわかっている。甘え方はもちろん、逆らい方も反抗の仕方もわからなかった夕は、ただ受け流すことしか覚えられなかった。

それが一番楽だったからだ。

そこから、夕は誰かに頼るより、自分ひとりで生きることを選ぶようになった。

そしてようやく、親から独立できて自分の人生を手に入れたと思っていたのに、どうしてこうなったのだろう。

夕はこれまで、異性を好きになったことがなかった。

きっとこの先もそういう気持ちは芽生えないだろうと、結婚は半ば諦めていた。だからこんな結婚でも親孝行にはなるのだろう。

でもこの先ずっと一緒に暮らしていくわけだから、もう少し心が通い合った人と――そう思うのは、欲張りな願いだろうか。

会社まで押しかけ、勝手に婚約者と名乗り、すぐにでも役所へ駆け込みそうだった四朗。

上等なスーツに身を包んでいるくせに、ぼさぼさの髪に無精ひげを生やし、大きな眼鏡をかけているせいで表情はやっぱりよくわからなかった。

けれど、結婚を早く済ませてしまいたいという意志だけははっきりと伝わってきた。

彼はいったい何を考えているのだろうと思い、夕はふとあることに気づいた。

彼も、自分と同じ立場なのかもしれない。

彼も家の事情で結婚させられることになったのではないか、と思ったのだ。

そして、その決定が覆らないなら、すぐに済ませてしまいたいというのもわかる気がする。

夕にとっては人生の一大事である結婚も、国内有数の大企業である名城家の人間にとっては、ただの契約事に過ぎず、婚姻届という紙切れ一枚で済むことなのかもしれない。

それならば、何をもたもたしているのかと、夕の態度に不満を覚えるのも頷ける。

形だけの結婚を望むのなら、早くしてしまった方がいい。

両親だって、早い方が嬉しいに違いない。

夕は額に手を当てたまま、深く溜め息を吐いた。子供の頃から、何かを諦める時にしていることだ。

心の中に、言いようのない虚しさが込み上げてきたが、夕はそれを無視することにした。

そういえばあの人、名前まで勝手に呼んでた……

夕はその時の四朗の声をはっきりと覚えている。

『私は夕の婚約者だ』

何故か、顔が熱くなる。

あの声は、確かに良い。

良すぎるほどだ。

人様の外見をとやかく言える立場ではないが、あの顔と声のギャップは卑怯《ひきょう》ではないか。

夕はあの声で名前を呼ばれた時、心臓が跳ねたのを自覚していた。

けれど、それが何になるのだろう。相手が自分に期待しているのは、婚姻届への署名だけだというのに。

夕は生まれて初めて感じた胸の高鳴りを打ち消して、これは政略結婚なのだと、自分に言い聞かせた。

名前を書いてしまえば、このもやもやした気持ちも、日常的ではない四朗とのやりとりもきっとなくなる。

夕は自分の背中を自分で押すように心を決めて、気持ちを切り替え、目の前の仕事に戻った。


夕は、その日の仕事を終える頃には平常心に戻っていた。

ただ帰り際、後輩の高瀬にまた四朗のことについてしつこく問われた。罰ゲームということで誤魔化せたと思っていたが、そうでもなかったらしい。

そもそも、知らない人間のことを何故そこまで気にするのか、夕には理解できない。とはいえ、高瀬という男は言われたことはちゃんとこなすし、夕を女だから、地味だからという理由で侮《あなど》ることもない、よい後輩だ。

少々子供っぽいところもあるが、これまで一度も異性に慕われたことのない夕としては、悪い気はしない。ただ、人との触れ合いに慣れていないため、彼の距離は近すぎて、扱いがわからず困ることは多かった。

とにかく、高瀬には同じ理由を繰り返し、彼が他の人に呼ばれた瞬間、隙を見て会社を後にしたのだった。

今日もいつもと同じ、充実した一日が終わろうとしていた。

仕事をしていれば、決して楽しいことばかりではないけれど、自分の給料で生活できていると思うと、辛いことも乗り切れる。誰かに振り回されないことは、夕にとって一番大事なことだった。

自宅の最寄り駅に着く頃には日も暮れかけていて、人もまばらになっていた。これも変わらない日常だ。

けれど、スーパーでお惣菜《そうざい》でも買おうかな、と考えながら駅前の横断歩道に足を踏み出そうとした時、非日常が突然現れた。

「……夕」

聞き間違えることのない美声。

何度聞いても印象的なその声は、これまでで一番抑えられているように聞こえた。

驚きながら振り返ると、そこには大きな身体を何故か縮めるようにして、名城四朗が立っていた。

まさか連日待ち伏せされるとは思わなかった。けれど、それほど急いでいるということなのかもしれない。とは言っても、あまりに相手のことを、夕のことを考えないやり方には、受け流すことに慣れている夕もさすがに怒りが沸き上がる。

いっそこの場でサインして、二度と顔を見せるなと言えたらすっきりするかもしれない。

そう思ったが、目の前にいる四朗はこれまでとまったく違っていた。まだ三度会っただけなので詳しく知っているとは言えないが、夕の知る四朗はいつもどこか不遜《ふそん》で自信に満ちていて、自分が絶対に正しいと信じているような男だった。

その彼が今、まるで叱られた仔犬《こいぬ》の様に、相手の次の手に怯《おび》える顔をしている。相手の情けを期待しているような様子だった。

姿形が変わったわけではないのに、醸《かも》し出す雰囲気がまったく違うことに気づいて、夕は驚いたまま声が出ない。

「……お帰り、夕。昨日は、会社の前で待っていて悪かった」

「え……は？　あ、え……？」

言葉にもならない返事をしてしまうほど、夕は動揺していた。

彼は昨日と同じ人物なのだろうか？

しかし、この独特の風貌かつ、美声の持ち主はそう何人もいないだろう。

でも、もしかしてこの熊のような顔とスマートな格好は着ぐるみで、中に違う人が入っているのかも……

夕は一瞬、そんな突拍子もないことを考えたが、自分が現実逃避をしかけていると気づき、目の前の事実を確かめようと彼をじっと見つめる。

「その……昨日は強引だったかもしれないが、私は君との結婚を望んでいる。それを伝えたくて君に会いにきた」

「え……はぁ」

彼が結婚を望んでいるのはわかっているので、夕の返事は気の抜けたようなものになった。逃げないように釘を刺しに来たのだろうか、と考えていると、四朗は夕の曖昧な返事にも気にしない様子で続ける。

「今日は少し遅かったんだな。この駅前でしばらく待っていたが、なかなか姿が見えないから何かあったかと心配していた」

そう言われ、夕はふと周囲を見渡す。

彼の言うように、ここは夕の最寄り駅の前だ。

しばらく歩くと住宅街があって、広い公園もある。さらにそこを抜けると、夕の住むマンションがあるのだ。

ここは庶民的な町で、名城家の人間が住むようなところではない。それなのに何故彼がここにいるのか。

そういえば、さっきこの人、なんて言ってたっけ……？

夕はどこか不安なものを感じて、相手が次に何かを言う前に口を開いた。

「……ここ、どうして……この駅を、どうして知っているんですか？」

夕のたどたどしい問いかけに、四朗は褒められた子供のような顔つきで得意げに答えた。

「もちろん、夕のことはすべて知っているからだ」

「――――っ」

ストーカーだ!!

大声で叫ばなかった自分を褒めてあげたい。

夕は咄嗟に踵《きびす》を返し、全速力で家に向かった。

パンツスーツを着ていたことを、今日ほど感謝したことはないだろう。靴《くつ》も履《は》き慣れたものだったから、夕は力の限り家に向かって走ることができた。

夕の頭の中は「恐怖」と「不安」でいっぱいだったが、それらとは違う不思議な感情もあるように思えた。しかしそれが何かを考えるのが嫌で、無心になってマンションを目指した。

いったいどうして、こんなことになったのだろう。

私、そんなに、誰かにひどいこと、したかなぁ？

マンションが見えたことで緊張が緩んだのか、視界まで緩みそうになった。

これまで、どんな嫌なことだって仕方がないと受け入れてきたし、自分なりに頑張ってきたつもりだった。それでもこんなことが起こるなんて、誰かが意地悪をしているとしか思えない。

誰かを恨んだりもしていない。誰も憎んだりもしていない。

ただ、平穏に、人に迷惑をかけず、自分の力で生きていきたいと思っていただけなのに。

潤んだ視界を誤魔化したくて何度も瞬きをし、足元が疎《おろそ》かになっていた夕は、何かに躓《つまず》いたと気づいた時には遅かった。

転ぶ！

覚悟して咄嗟に腕で顔を庇《かば》ったが、何故かアスファルトに転がることはなかった。

力強い何かに引き起こされ、浮き上がるような感覚に襲われ息を呑《の》む。

「──っ!?」

「──大丈夫か、夕!?」

心臓がバクバクと脈打ち、驚きと緊張で固まった夕の耳に届いたのは、あの美声だった。

逞《たくま》しいものが、夕のお腹を支えている。

背中は、大きな何かに包み込まれていた。

四朗は、転びそうになっていた夕のお腹に腕を回し、そのまま抱え上げるという、まるで少女漫画にでもあるような助け方で夕を救ってくれたようだった。そして、驚いてまだ言葉も出て来ない夕をゆっくり地面に下ろし、顔を覗き込んでくる。

「夕？　どこか怪我を？　わ、私は強く摑みすぎただろうか？」

「………」

相変わらず熊のようなむさくるしい顔だが、心配していることはよくわかった。

映画のヒーローのように颯爽《さっそう》と助けておきながら、やり方を間違えたのでは、と不安そうにする彼の表情は、傲慢な大企業の御曹司には見えないし、ストーカーをするような犯罪者とも思えない。

さっきはつい、ストーカーだと思って逃げちゃったけど……違ったのかな？

夕がその顔をよく見ようとすると、四朗と目が合った。大きな眼鏡の奥にある彼の目は黒水晶のように煌《きら》めいていて、夕は思わずドキリとする。

目が、綺麗。

人の目についての美醜などこれまで一切考えたこともなかったが、夕は素直にそう感じていた。

「夕……私の顔に、何か……？」

しばらくぼんやり見つめてしまっていた夕は、四朗に声をかけられて我に返る。

「……いいえ、あの、助けてくださって……ありがとうございます」

夕がどうにかお礼を言うと、四朗は、とても嬉しそうに笑った。

「夕に怪我がなくて、良かった」

態が、笑った。

その笑顔は、まるで邪気のない子供そのもので、心から喜んでいるのがよくわかった。

あれ……かわいい？

どう見ても、むさくるしい男に違いないが、彼に小動物のようなかわいさを感じてしまった夕は、自分の目がおかしくなったのかと、目を擦《こす》る。

彼はそんな混乱など知りもしない様子で、夕に怪我がないことを確認すると、先ほど夕が走って逃げたことなどなかったかのように話し始めた。

「君は、私と最初に会った時のことを覚えているだろうが、あれは私にも衝撃だった。どのくらいだったかと言うと、私がアメリカに渡って、南東部の民族であるキカプーに初めて出会った時の興奮と喜びが三度重なったようなもので、この先、決して忘れることはないという衝撃だった。あれは私の人生と研究の道を決める大きな出会いであり、調べれば調べるほど深淵が増すという現実に慄《おのの》くが、だからこそ、興味が尽きなくて私は嬉しくなったのだ」

「はい……？」

いったい何の話なのか。運の良さを自慢しているのか、単に研究の話なのか。夕は困惑しながらも、熱弁をふるう四朗を前に動けないでいた。

「昨日、君は言った。結婚は決まっていると、逃げないと」

「……はい」

急に話が戻り、夕ははっと我に返り答えた。

確かに自分で言ったことだが、改めて確認されると、きしり、と胸が軋《きし》んだ。この現実を受け入れなければならないはずなのに、自由でなくなったことを受け入れられず逃げ出したいと叫ぶ自分もいる。

「……そうか」

四朗は頷いてそう言った後、口を噤んだ。何かを言いたいようだが、相応しい言葉が見つからず一生懸命探しているように感じられた。

この表情、見覚えがあるような……あ、あの日だ。

空港で初めて会った時、言い訳を考えていた彼の表情だった。

表情を隠すむさくるしい風貌のせいで、何を考えているのかわかりづらいが、こうやってよく観察すれば、案外わかりやすい人なのかもしれない。

とはいえ、彼はストーカー行為を平然としてみたり、逃げ出した夕を颯爽と助けてくれたり、子供のような笑顔を見せたりと、その行動はまったく予測がつかない。

今度はいったい何を言い出すのだろうかと、夕は緊張しながら四朗の言葉を待った。

彼は夕を見つめたまま、ごくりと一度唾《つば》を飲み込んで、心を決めたように口を開く。

「……結婚は、決まっていない。君は、逃げることが、できる」

苦りきった顔で、四朗はそう言った。

夕はその表情で、彼の気持ちがわかってしまった。

四朗はおそらく、この結婚が不満なのだ。

そう考えると、すぐに役所へ行こうとしたり、会社の前で待ち伏せたり、ストーカー行為をしたりという行動が、夕に嫌われるためだったのだと理解できる。もしかして彼は、こちらから断るのを待っているのかもしれない。

彼は名城コーポレーションとは関わりがないと言っていたではないか。四朗にもこの結婚は苦いものでしかなく、不満があるのだろう。

夕だって、この結婚を心から望んでいるわけではない。けれど両親を助けるために必要だと言われれば、結局は従うだろう。

お互いの気持ちは一緒なのに、ままならない現実に夕も顔を顰めた。

そう考えた夕だったが、四朗の次の言葉に大いに混乱させられることになる。

「君が嫌なら、この結婚はやめても、いい……いや、君の父の会社への融資は、無条件で行うだろう。そこは約束する」

「……え」

夕は目を瞬かせた。

結婚しなくても、融資をしてくれる……？

その意味を呑み込むまでに、かなりの時間がかかった。

結婚しなくても融資してくれると言うのなら、この結婚の意味はいったい何なのだろう。

頭の中がごちゃごちゃし始めた夕は、眉根を寄せて考え込んだ。

四朗はそんな夕を見て苦笑し、言葉を繰り返す。

「君が、親の会社の責任を負う必要はない。結婚は自由だ……誰と結婚してもいい」

いったいいつ、そんなことになったのだろう。

義父の会社への融資は、結婚が条件だったはずだ。昨日の今日でそれが変わるということがあるだろうか。それに、もしそうなったのなら母が連絡をくれるはずだ。

もしかして、私にだけ知らされていない……？

そうであるなら、夕の心はさらに深く傷つけられることになるだろう。けれど、今の段階では何も判断できない。夕は気持ちを持ち直し、彼の言葉を必死で考える。

四朗の顔はとても真剣で、嘘は言っていないように見える。

本当に、夕が決めてしまっていいのだろうか。

でも、もし私の発言のせいで義父の会社がどうにかなってしまったら……

何と答えていいのかわからず、ただただ困惑しきっていると、四朗も戸惑ったように目を彷徨《さまよ》わせ、続けた。

「昨日は、人前で目立ってしまっていた。君は、ああいったことは苦手なのかもしれない、と思い……今日は君の家の、最寄り駅で待っていた。ここなら、会社前より人通りは少ないし、話もできると思ったのだが、君はそれも嫌だったのだろう」

「……えっと、あの……それは」

彼は、夕が逃げ出してしまった理由のことを言っているのだろうか。

実際は四朗をストーカー認定してしまい、怖くなって思わず逃げただけだった。そんなふうに解釈されると居心地が悪くなる。

確かに夕の住むこの町は、都心から離れているので比較的人も少ない。

駅周辺もラッシュ時を除けばあまり混み合うこともない。夕は人混みが苦手なので、なるべくラッシュを避けて電車に乗っている。だから今の時間も人通りは少なかった。

彼の言う通り、夕は目立つことを好まないから、声をかけられるなら会社の前より最寄り駅の方がましだった。つまり、彼の今日の行動は夕の気持ちを考えてのことだったのだ。

それなのに夕は突然現れた彼に驚いて、全速力で逃げた。

まるで子供のような反応をしてしまったことに、夕は恥ずかしくなる。

お互い大人であり、こうして意思疎通もできる相手なのだから、逃げる必要などなかったのだ。あの時、もう少し冷静になってちゃんと話を聞いて確かめればよかった。

普段、仕事以外で人と接する機会をほとんど作らない夕は、プライベートでの人との適切な距離感がわからないでいた。そこは普通の人より明らかに劣っていると自覚している。

先ほど四朗に話しかけられた時も、突然近づかれてびっくりしてしまったが、人並みに異性と付き合っていれば驚くようなことでもなかったのかもしれない。二十五歳にもなって、恥ずかしい。

顔を真っ赤にした夕は、四朗の顔を見ていられず、視線を逸らし手の甲でさりげなく頬を冷やす。まずは彼に謝らなくては、と心を落ち着けていると、突然四朗にその手を摑まれる。

「私は、君と結婚したい」

「────！」

脳髄《のうずい》にまで響くような美声が、夕の思考を大きく揺らす。

それは眩暈《めまい》を起こすほどの威力を持っていて、夕の頭の中は真っ白になった。

「だから、君の気持ちを尊重……しようと、思う。できれば、君が私と結婚したいと思ってくれるといいのだが」

「………」

いったい、どうしてこうなっているのだろう。

短時間にいろんなことが起こりすぎて、夕の脳みそは限界が来ていた。

「松永への融資が、条件などと……そんなものを、盾《たて》に取るつもりはない。私は、あの空港で、初めて会った時から、君のことを、望んでいた」

訥々《とつとつ》と話す四朗の声は心をさらけ出しているように誠実なものに聞こえた。まっすぐに見つめてくる眼鏡の奥の瞳も、お姫様に忠誠を誓う騎士のように真剣だった。

これが、夕を騙すためとか、からかうためであるならば、夕はよほど人を見る目がないのだろう。

あ、もしかして、これ、告白？

というか、プロポーズ……？

ようやくその考えに至った夕だったが、その途端ぷつりと思考が固まった。

自分の人生にはまったく縁のないことだと思っていたからだ。

いつか私にも素敵な王子様が、などと夢見ることは、親が再婚してすみれと比べられるようになってから、諦めた。

人にはそれぞれ相応の人生があるのだ。シンデレラのような玉の輿は、夕とは別世界の話だと思っていた。

他人と関わることが苦手な夕は、きっとこのまま独り身のまま生きていくのだろうと思っていたのだ。

それがまさか、こんな道端で突然求婚される未来が待っているなんて、誰が想像するだろう。少なくとも、夕には心の準備もできていなかった。

*

「ストーカーね」

義姉のさきにそう断言されて、四朗は思わず反論しようとした。

しかし、ピシッと人差し指を突き付けられ、しぶしぶ口を閉じる。

決して、自分はストーカーなどという犯罪者ではない。

四朗はただ、夕と直接話をしたかっただけだ。

夕の現住所だって、彼女の母親からわざわざ聞いたものだ。それの何が悪いのか。そもそも、彼女の身辺は結婚の話が出た時点で名城家の調査部によって調べ尽くされている。

その情報を当てにするのも嫌だったので、自分で行動し調べたのだ。

そして今日、心を決めて夕に気持ちを打ち明けた。

どんな答えが来ようとも、諦めるつもりはまったくなかったから、受け入れる準備はできていた。

ただ夕は、追いかけっこをした後で告白をされるとは思ってもみなかったのだろう。唇を引き結び、目を見開いたまま固まってしまっていた。驚いた猫のようで大変かわいらしかった。しかしあんまり長い間呆然とされたため、何かおかしなことを言っただろうかと不安になった。

四朗は間違ったことなどひとつも言ったつもりはないが、夕にとっては固まってしまうほど驚くことだったのかもしれない。

とりあえず、四朗が帰宅を促すと、夕はまるでロボットのようにぎこちなく動き始め、しばらく歩いてからこちらを振り向くと、礼儀正しく会釈をして、マンションへと入って行った。

四朗はその様子に、追いかけることも声をかけることもできず、ただ見守るしかなかった。

しかし夕のことが心配で、彼女の部屋に灯りがついてもしばらくその場に留まっていた。その間、部屋を訪ねるべきか大いに悩んだが、悩みすぎてわからなくなり、結局、一旦引き上げることに決めた。そこで三樹に呼び出され、実家に行ってみると、兄ではなく兄嫁のさきが待ち構えていて、何故か自分の行動について反省させられるという状況に陥《おちい》っていた。

これまでの人生で、これほど考えたことはないというほど考え抜き、覚悟を決めた一日だったというのに、釈然としない終わり方になって四朗にも不満が残っている。

その上、義姉からは呆れ顔を向けられている。視線には侮蔑の意思まで込められているのだ。

　夕に告白した興奮が冷めやらず、さきに聞かれてつい今日までの行動を話してしまった自分が悪いのだろうが、そんな目で見られて面白いはずがない。

　けれど、義姉は四朗の苛立ちなど気にする様子もなく、甲高《かんだか》い声で話し続ける。

「しかもその格好で押しかけたなんて、正気かしら……お相手の方に逃げられるのも当然だわ」

「私の格好がどうとか――彼女は人を外見で判断する人ではない」

　言外に「貴女とは違って」と含みを持たせたつもりだが、通じたかどうかはわからない。ただ冷たい視線が返された。

　四朗はリビングのソファに座らされていて、さきはテーブルを挟んだ向こう側で何故か仁王《におう》立ちしている。

　だから今は、背の低いさきに珍しく見下ろされている状態だ。そのせいか、いつもより冷ややかさが増しているように思う。

「初対面の相手の印象は九割外見で決まるのよ。四朗さんが見た目を気にしないのは、貴方の顔を見ていればわかりますけど、世の中の人間すべてがそうだと思わないことね」

「そんなことはわかっている」

　第一、目の前の義姉は自分とは正反対の価値観の持ち主だと理解している。

兄との仲は良いようだが、四朗はやはり、計算高い女性は相手に媚びているようで好きになれない。

勉強ばかりで色恋に興味を持ったことのない四朗だが、この歳まで生きていれば、いわゆるそういう機会は何度か訪れるものだ。だがそのほとんどが、四朗が大企業の御曹司であると知った途端のアプローチだった。

大学では単位を目的とした女学生たちに、非常に露出度の高い服で迫られることも珍しいことではない。

そういった女たちは、普段の四朗には見向きもしない。むしろ関わり合いになりたくないと避けていく。四朗とて、今の自分のいい加減な外見が、客観的に見て魅力的なものでないことはわかっている。だからこそ、特別な時にだけすり寄ってくる女が、四朗は好きになれなかった。

けれど、夕は違った。

彼女は初対面にもかかわらず、まっすぐに四朗に意見してきた。空港で出会った時、夕は四朗の家のことも仕事のことも、内面すら知らなかったはずだ。しかも夕の発言は自分のことではなく、誰かが怪我をしたらどうするのだ、という他人への気遣いから出たものだった。

それに彼女は、四朗が名城家の人間だと知っても、その態度は変わらなかった。

彼女は毎度見惚《みと》れてしまうほどに、美しい。それは化粧で飾り立てている女の美しさとは違う、素の魅力だ。

「今時の女性に大和撫子《やまとなでしこ》を求めたって無理よ」

まさに四朗の理想はそれだと、さきに言われて気づいた。普段控えめであっても、芯の強い女性は素晴らしいと思っている。

口に出していないはずの思考を読まれ、まさかこの義姉は魔女だったのかと訝しんだところで、相変わらずの視線が刺さる。

「四朗さんの好みは三樹さんから伺っています」

「別に私に好みなど……」

「自覚はないのでしょうけど、三樹さんが知らないとでも思っているの？」

「………」

昔から、兄は勘のいい人だった。

知能指数で言えば四朗の方がはるかに上回っているが、兄も頭の悪い人ではない。さらに人の気持ちを読むことに長《た》けている。ひとりで行動することが多かった四朗に対し、兄は子供の頃からリーダーでいることが当然のような人だった。そして何故か、普段から口数の少ない四朗の考えていることがわかっているようだった。

「『四朗は少し夢見がちなところがあるから』と三樹さんは言っていたけれど、四朗さんの理想なんて幻想そのものです」

「だが、私は夢など――」

「お黙りなさい。誰かに好かれる努力をしたことのない人が、誰かのために努力をしている人を見下すことは私が許さないわ。貴方は外見で判断する人が苦手なようだけど、だからと言って相手に熊のような顔を見せていい理由にはならないのよ」

「――」

それは、もっともだ。

言われてみれば妙に納得してしまった。

「そもそも、貴方は向こうで警察のお仕事を手伝うくらい、外見で相手を見極めることに長けているはずじゃないの。その貴方が、今の姿が周囲にどう思われるか、思いつかないなんて考えられないわ」

義姉の言葉は、深く四朗に突き刺さる。

プロファイリングをする時、確かに外見は重要だ。その人の言動もさることながら、外見は中身に大きく反映されているのだから。

確かに四朗は、見た目を気にすることに対して、過敏になっているのかもしれない。

そのせいで、相手への配慮に欠けていたことに気づかされる。四朗の意思が四朗のものであるのと同時に、他人の意思だってその人のものだ。自分が気にしないからといって、それを相手に求めるのは傲慢であるといえるだろう。

三十三歳にもなって、今更こんなことを諭《さと》されるとは。

しかもそれを、今まで敬遠してきたさきに指摘されてしまった。四朗は自分のこれまでの行いを振り返って項垂《うなだ》れた。

「……ちょっと、そんなあからさまにしょんぼりしなくても……」

笑いを堪えるような義姉の声に、四朗は眉根を寄せて顔を上げる。

「私はしょんぼりなどしない」

「やだ、三樹さんの言う通りね」

「兄さんの？」

「四朗さんは、今でも子供の頃のままだって。落ち込む時は、本当に子供みたいにしょんぼりするって……ふふ、あははは、三樹さんがかわいがるわけね」

「……別に、かわいがられてはいない」

笑われるようなことはしていないのに、声まで上げて笑われると、落ち着かなくなる。

そもそも、自分はどうしてさきの言うことを素直に聞いてここに座っているのか。

兄もいないし、そろそろホテルに戻ってもいいだろうと思い、四朗がむっとしたまま立ち上がろうとした瞬間、さきは真顔に戻った。

「さて、本題に入りましょう」

「…………」

　このタイミングは、兄に似ている気がする。

　無言のまま、睨むように見据えている四朗に構わず、さきは話を続けた。

「まず、男性の好みは女性によって様々だけど、九割の女性は、清潔感のない人に嫌悪を抱くわ」

「……私は、毎日シャワーを浴びているし、このスーツも兄さんが作ってくれている、ちゃんとしたものだ」

　研究に没頭して寝食を忘れることは確かにあるが、幼い頃に習慣づけられていたせいか、身を清めることは忘れたことがない。それに服も毎日替えている。

　しかしさきはしっかりと首を横に振った。

「貴方のその顔、生理的にだめだっていう女性は結構多いはずよ」

「――な」

「特に、その無精ひげは八割の女性がだめだって言うと思うわ」

「……これは」

　ある日、ひげを剃らなければ毎日の面倒が減る、研究時間に回せる、と思ってから、四朗のひげはこの状態だ。伸びきったひげは、シェーバーでは始末できない。時々、ハサミで適当に切っているのであまり邪魔にも感じられなかった。

「そのボサボサの髪だって、ムースかワックスで整えるくらい、大した手間でもないはずよ」

整髪料で整えると、視界がはっきりしすぎて気が散る原因になる。

だから、四朗の髪型は中学生の頃から今と同じようなスタイルだった。

「だらしのない無精ひげが許されるのは、ハリウッドスターくらいのものよ。そもそも、彼らは無精ひげがアクセントになるような格好をしているから、貴方とは違うのだけれど」

「…………」

よくわからないが、かなり貶されていることは理解できる。

このまま無言で堪えるべきか、いい加減にしろと怒鳴《どな》って出て行くべきか、だんだんと後者に気持ちが傾いてきた頃、リビングに四朗の母の良乃が顔を出した。

「あら、四朗さん、帰っていたのね」

さすがに祖父の葬儀を終えたばかりとあって両親も兄も慌ただしい。四朗は祖父の遺言をどうにかしろと兄に厳命されているので、彼らとは別行動だった。

それはともかく、名城家の女性がふたりも揃っては、簡単に動くことができなくなった。

「お義母さま、聞いてください！　四朗さんったら、このお顔であちらのお嬢様に会いに行ったのですって……」

告げ口か！

四朗はさきをじろりと睨むが、母が心配そうな顔して寄って来るので、ひとまず奥歯を噛みしめ、何も言わずにいた。

「まぁ、まぁ本当に？　四朗さんったら、あちらのお嬢さんはちゃんとした方なんでしょう？　なのに貴方ったら……」

良乃の言う「ちゃんとした」がどれほどのものなのかはわからないが、夕はこの世の誰より、ちゃんとした女性だ。

間違っても目の前にいるような、簡単に告げ口をする女性ではない。母は義姉の外面に騙されているのだ。

けれど母は、その義姉の味方のようだった。

「四朗さんったら、本当に……せっかく二郎さんそっくりに産んであげたというのに、どうしてそんなもったいないことをするのかしら……」

「本当に。三樹さんの弟とは思えないお顔ですもの……残念です」

「そうよ。貴方は本当に、子供の頃から周囲に無頓着でしたけど、もう大人になったのだから、少しは気にしてほしいわ」

いつの間にかタッグを組んだふたりから散々に言われ、四朗は怒りを持続させることができなくなり、自分が悪いような気持ちになってくる。

これまでの自分をすべて否定されたような、こんな心許ない気持ちは初めてだった。

ここまで否定されるほど、自分はだめなのだろうか。

だから、夕も逃げ出したのだろうか。

自分の顔に嫌気が差したのは初めてだった。

そうか、私はそんなにも人を不快にさせる顔をしていたのか。

こんな顔、捨ててしまいたいと思い始めていたが、その様子を見た良乃とさきは、今度は慌てた様子で励ましてくる。

「まぁ四朗さん、大丈夫よ。貴方はとても格好良いのだから」

「そうよ。ちゃんとしていれば、三樹さんそっくりだもの。大丈夫よ」

いったい何が大丈夫だというのか。四朗が眉根を寄せたまま顔を上げると、厄介な女性たちはまったく同じように笑っていた。

「任せてちょうだい。とても素敵にしてみせるわ」

「ええ、これまでできなかった分、腕によりをかけて仕上げてあげるわ、四朗さん」

「…………」

結構だ、という言葉は、ふたりの迫力に押され、呑み込むしかなくなった。

それから、善は急げと、夜も遅い時間だというのに、四朗はふたりの話に付き合わされ、翌朝から連れまわされることになった。結局、四朗は言いなりになるしかなかったのだが、途中からおもちゃのように扱われている気がしてきて、非常に後悔した。

丸一日、母と義姉に連れまわされ、ぐったりとしてホテルに帰った四朗を待っていたのは、昨日と同じく祖父からの手紙だった。

『四朗へ

女には逆らうな。

爺』

爺さん、本当に見ていないんだろうな!?

4章

夕は穏やかな気持ちで帰路についていた。

昨日は四朗が現れなかったからだ。

一昨日の一件で、四朗が悪い人間でないことは感じ取れたし、話せばわかることも知った。

ストーカーなどと咄嗟に思ってしまったが、よく考えてみれば、あの名城コーポレーションが、御曹司の結婚相手を調べていないはずがない。

ちゃんとした理由があって松永家が選ばれているのだと思う。

住所を知っているのも当然のことだ。

むしろ、家の前ではなく駅で待っていたという点では常識的であるともいえる。

彼が一昨日言っていたように、ちゃんと夕のことを考えての行動だったのだろう。

勢いで逃げてしまったことが、今更ながら恥ずかしくなる。彼を子供みたいだと思ったが、あれでは自分の方が子供のようだ。

夕は自分の顔がみるみる熱くなっていくのを感じた。真っ赤になっているのではないだろうか。これは決して夕陽のせいではない。

夕の脳裏には、一昨日の四朗が浮かんでいた。

『私は、君と結婚したい』

美声付きの映像は、なかなか忘れられるものではない。

改めて考えても、おかしな出来事だった。

あれは、本当にプロポーズだったのかな……？

夕の人生で一番縁遠いと思っていた言葉だったから、疑いたくもなる。

恋愛というものは、夕の半径一メートルより外側にあるものだと思っていたのだ。

誰かに憧《あこが》れたり、ほのかな想いを抱くよりも、自分の生計を立てることを考える方が大事だった。

自分のことで精一杯だったせいで、友人と呼べる人もあまりに少ない。

高校では部活仲間、大学ではサークル仲間がいたが、グループに辛うじて入っている程度の付き合いだった。だから、休日に誰かと出かけることもほとんどなかった。

社会人になってからは、その人たちとも疎遠になり、会社の同僚の飲み会に付き合うことはあっても、自主的に何かに参加することもない。

自分で決めたパーソナルスペースは、思ったより狭いようだ。自分の人生のつまらなさに夕は驚いた。

けれど、そのつまらない人生が不満だったわけではない。

これまで必死に生きてきた結果なのだから、否定する気もない。でもこのモノクロの世界に、色が差し込んできたとしても、拒絶する理由はないのではないか。

ひとりで充分だった夕の世界に、誰かが入り込んでくるとしたら。

それが、あの人だというのなら。

夕の世界は、これから色づいていくのだろうか。

『できれば、君が私と結婚したいと思ってくれるといいのだが』

夕は四朗の言葉を思い出し、また顔が熱くなった。

四朗は、会社への融資の件と、結婚のことは別だと言った。

そうだ。はっきりと、夕と結婚したい、と言ったのだ。

夕が嫌なら断ってもいい、とまで言っていた。

あんなふうに、夕の気持ちを考えてくれたのは四朗が初めてだった。

夕は、母の再婚により、小学校に入る直前に新しい父と妹ができた。

それまでの貧しい暮らしから一転、家にお手伝いさんまでいるような、テレビの中の話だと思っていたお金持ちの世界に身を置くことになった。

最初は戸惑いしかなかったけれど、何より母が嬉しそうだったから、夕はこれでいいのだ、と母に素直に従った。

　母が嬉しいと、自分も嬉しかった。それまでの母はひとりで夕を育て、仕事もしていてとても大変そうで、よく疲れた顔をしていたからだ。

　けれど、母の言動は次第に夕を遠ざけるものに変わっていった。夕は母の望む「良い娘」になれなくて、ふたりの溝は大きくなってしまった。

　再婚するまでひとりで頑張って夕を育ててくれた母に、文句などない。

　夫に惚れこんで、彼を誰より優先しても不満はなかった。

　相手の連れ子を優先しても、夕は何も言わなかった。虐待されているわけではなかったし、母はただ夫のために、夫の家族を優先しただけなのだから。

　だから、それが嫌だなんて、言えるはずがなかった。

　夕は自分の気持ちを深く考えないようにしていた。他人に期待するのもやめていた。

　ただ、人に迷惑をかけずに生きていけたらそれでよかった。

　けれど、四朗は夕の気持ちを考えてくれた。自分勝手な人だと思っていたのに、そうではなかった。強引な言動も、彼の気持ちが急いていたから、という理由なら、夕は本当に望まれていることになる。

　そう考えただけで、全身がかあっとまた熱くなった気がした。

「――夕？」

「……はえっ⁉」

思い耽《ふけ》っていたせいか、突然耳に届いた、まごうことなきあの美声に夕は肩を跳ねあげた。

驚いたまま顔を上げると、目の前には知らない男がいた。

「大丈夫か？　気分でも悪いのか？　さっきからまったく動いていないようだが……」

「……え、え？」

恐ろしいほど顔の整った男性だった。

その顔が、今は心配そうに歪んでいる。けれどお洒落な銀のフレームの眼鏡の奥には、夕の表情をひとつたりとも見逃さないという、真剣で鋭い眼差しが潜んでいた。

服装は、ボタンをふたつ目まで開けた白いシャツに淡い色のジャケット。ラフな格好なのに洗練されているように見える。

背も高く、体格もよい。モデルと言われても納得してしまうだろう。

少し長めの黒い髪は後ろへ撫でつけられているが、少しだけ零れ落ちて額にかかる様子が妙に艶《なま》めかしい。

誰――？

誰かと間違っているのでは、と夕は後ろを振り向いたが、男の視線は夕に注がれたままだ。

そこではっと、目の前の男の言葉を思い出す。夕は駅を出たところで、ずっと突っ立っていたのだ。

いったいいつから、ここで考え事をしていたのだろう。

百面相になっていなかったらいいけど……

怪しい人に思われていたかも、と視線を彷徨わせるが、その前に、この男性は誰なのか確認しなければならなかったと視線を戻す。

「夕？　やはり気分が悪いのか？　病院へ行くか？」

「え……えっと？」

いったい何から訊けば、と混乱する夕に、相手の方も困惑したような表情でこちらの様子を窺っている。あまりの反応のなさに業を煮やしたのか、夕の手を取って脈を取り始めた。

自分の腕時計を確認しながら、正確に計ろうとしている姿は、まるで医者だ。

医者に知り合いは、いません。

夕はびっくりしたまま、真剣に時計を見る男の横顔と、触れられた手を見て、ふいに気がついた。

「――名城さん!?」

「どうした？」

当然のように返事をされて、夕は唖然とする。

え、え？　本人？　背中にファスナーがない？　いやむしろ、何かを脱いだの？

夕の知る四朗と目の前の男とのあまりの違いに、夕は大混乱に陥っていた。

しかし、夕の本能は、目の前の男は四朗だと断言していた。

この声を聞き間違えるはずがない。

「この時間に病院は……いや、うちのかかりつけがあるな。そこへ行くか」

「え、えっあの、どこへ？」

「病院だ。気分が悪いのだろう？　大丈夫だ。車があるからすぐに行ける」

そういう問題ではない。

けれど彼は、様子のおかしい夕を病気だと判断し、病院へ向かおうとしている。

確かに様子はおかしかったかもだけど！　それは貴方のせいです！

夕はそう叫びたかったが、すんでのところで思い留まり、必死に首を横に振った。

「だ、大丈夫です！　どこも悪くないですし……ちょっとびっくりしただけで！」

「びっくり？　何か驚くようなものでもあったか？　驚いただけにしてはずいぶん長いこところで立ちすくんでいたようだが……」

それは貴方のことを考えていたからだ、とはさすがに言えない。

そもそも、この四朗の状態はいったいどういうことなのか。

だって一昨日まで！　あんな熊みたいな顔だったじゃない!?

何かを脱いだと夕が思っても不思議はない変貌ぶりだ。

けれどよく見れば、彼の兄である三樹とよく似ている。

この顔ならば、すみれもあの時逃げ出さなかったのではないかと思ったが、今となってはどうでもいいことだ。

とりあえず、落ち着かない心臓を必死に宥《なだ》め、夕は改めて四朗に向き直った。

「いえ、少し考え事をしていただけですので……それより、名城さんは、どうしてここへ？」

「夕に会いに来た」

愚問だった。

一昨日も、そう言って現れたのだから。

しかし、会わなかった一日でいったい何が起こったのだろう。だがひとまずそれは置いておいて、昨日の無礼を謝らなくてはと思った。

「そ、そう、ですか……その、すみません、先日は少し驚いてしまって……」

転びそうなところを助けてもらっておきながら、曖昧なお礼しか言えない。

実際、あの後どうやって家に帰ったのか覚えていない。失礼なことばかりして、穴があったら入りたいと強く思う。

「いや、私が驚かせたのは事実だ。しかし断じて言うが、私はストーカーなどという不埒な者になったつもりはない」

「はぁ……」

そうでしょうとも。

綺麗な顔で言われると、何故か説得力がある。

だがバージョンアップした四朗の顔は、そう簡単に慣れるものではない。夕が戸惑ったままでいると、彼はあたりを見回し、少し緊張した面持ちで口を開いた。

「だからこのまま、送らせてもらえるだろうか。あたりもだいぶ暗くなってきたし」

「え……っあ、はい」

何が「だから」なのかはわからないが、確かに夕闇が迫っている。ひと気が少なくなる時間帯は、ひとりで帰るには不安があるのも確かだ。

「ちなみに私は、君の家を知っているが……後をつけたわけではなく、これは……その」

自分がストーカーでないことを必死に証明しようとする様子がかわいく思えて、夕は思わず笑ってしまった。外見は変わっても、やはり中身は変わっていないらしい。

「あ、わかってますから、大丈夫です。そんなふうには思っていません」

一昨日は確かに疑っていたが、あえて言わなかった。言ってしまうと、四朗がしょんぼりしてしまう気がしたからだ。

でもしょんぼりしているのもかわいいかも……

先日の気落ちした四朗の様子を思い出し、夕はまた目元を緩める。

「――！」

すると四朗は、何故か驚いたように息を呑み、表情を一瞬で真剣なものに改めた。

さらには、何の前触れもなく手を伸ばし、夕の頬に触れる。

「君は本当に、美しいな……特に、笑うといい」

「え……っ」

ち、ちかいちかいちかい――！

夕と四朗の身長差は頭ひとつ分ほどだ。

その上背で詰め寄られると、大きな波が迫ってくるような圧迫感を覚える。夕は、他人にここまで距離を詰められたこと自体初めてで、その上、美しい声で聞きなれない言葉を囁《ささや》かれては、ぴしりと固まって顔を赤くするしかない。

しかしすぐに我に返り、少しでも離れてもらおうと、押し返すように彼の胸元に手を添えた。けれど彼の手は依然として自分の頬に触れている。夕は俯《うつむ》いたままで、必死に訴えた。

「あ、あのっ、その、それ、やめてください……！」

「何をだ？」

「手……っ手を……っ」

「手がどうした？」

混乱でうまく言葉が繋げられない夕は、冷静なままの四朗に微かな苛立ちも覚えてきた。頬を染めたまま目を泳がせ、眉根を寄せる。

「う……う、つくしい、とか……お世辞は、そんなの結構なので……」

「私はこれまで、お世辞を言ったことはない」

まさかそんなことは——ありそうだけど。

夕はこれまでの四朗の言動を振り返り、確かに彼は誰かにおべっかを言うことなどなさそうだと思った。唯我独尊《ゆいがどくそん》、という言葉がぴったりで、でも夕に対してはどこか自信のなさそうな言動を見せる男。かと思えば、こちらが恥ずかしくなるような賛辞をあっさり口にする。

変だけど……不思議な人。

夕はそっと四朗を見上げた。彼の目はひどく真剣で、ふざけている様子もからかっている雰囲気もない。

「君は美しい。この骨格、これほどシンメトリーになっているものは実際に初めて見たんだ。目と頬骨のあたりが特に美しいな」

「……はぇ？」

夕は思わず微妙な声を上げてしまった。

こ、骨格って！　骨か、骨なの!?

夕は自分が地味な顔立ちをしていることを知っている。美しいという表現は義妹のすみれのように目鼻立ちのはっきりした人に使うのだろうし、実際ふたりが並べば、その賛辞はいつもすみれのものだった。

わかってた！　わかってたけど――！

恥ずかしさで頬がさらに赤く染まる。

けれど反対に、心はいくらか冷えた。

「そ、そうですか……どうも」

ありがとう、と言うべきところなのだろうか。

骨を褒めてくれてありがとう？

夕は、心の隅にがっかりしている自分がいることに気づいていた。

自分の顔なんて、綺麗じゃないことくらいよくわかってるはずじゃない。なのにどうしてこんなに、残念だなんて――

複雑な感情が渦巻《うずま》いているが、この気持ちを紐解《ひもと》いてしまえば取り返しがつかなくなる気がして、夕はそれを押し込めて、四朗から離れた。離れられたことに、安堵より寂しさを感じてしまう自分が恥ずかしくて、夕は顔をこわばらせ、軽く会釈をして足を踏み出す。

その背中に、四朗の声が届いた。

「……私の言葉が信用ならないのか？」

骨のことだとわかっているのに、それでも喜ぶ自分が情けなくなってくる。

「もう、それは、いいですから……」

夕は四朗を振り切るために早足で歩くが、すぐに追いつかれ、並んで歩くことになってしまう。

大きい……というか、足が長い。

歩幅が違うのだ。

夕は顔を上げられず、足元ばかり見ていた。磨《みが》き抜かれた彼の革靴と、去年のセールで買った自分のパンプスが目に入る。履き心地もいいし、気に入って買ったものなのに、何故だかひどく貧相《ひんそう》に感じる。

無言で歩いていると、そんなふうに彼と自分を比べてしまい、だんだん惨《みじ》めな気持ちになってきた。

夕は我慢できず、口を開いた。

「あの……名城さんは、どうしてここへ？」

「君に会いに来たと言ったはずだが？」

そ、そうでした。

間抜けな問いかけをしてしまったと呆れつつ、馬鹿な娘だと思われたくなくて、夕は必死に言葉を考える。

「あ、いえ……えっと、昨日はいらっしゃらなかったので、もういいのかと……というか、一日の間に何があったのかと思って」

「昨日？　ああ、確かに、昨日は丸一日動けなかったな」

「お仕事、お忙しい時期なんですか？」

「今は休暇をもらっているので仕事は忙しくない。昨日は母と義姉に捕まって逃げられなかっただけだ……おかげでこんな格好になってしまった」

「……え？」

彼にしては珍しく感情を露《あらわ》にした声だ。不思議に思い夕が顔を上げると、四朗の顔は忌々しそうに歪んでいた。

「ヘアサロンだのメンズエステだの、私にはまったく縁のないところに引っ張り回され、服が真面目すぎると言われ、テーラーで生地から合わせられたり……まぁ実際に選んでいたのは母たちだが。その間は、本当に苦行の時間だった。だが、それが君のためでもあると言われたら従わざるを得ず……しかし、私はそんなことはどうでも……」

四朗はそこで言葉を止め、歩みも止めた。夕も合わせて立ち止まる。

彼は夕を見つめていた。

顔にまとわりついていた髪や無精ひげに隠されない顔は、彼の感情をストレートに伝えてくる。真剣な四朗の表情は夕の心臓をうるさくさせた。

「……私は……先日までの私の顔は、そんなにもひどいものだっただろうか？　毎日シャワーも浴びているし、不潔な装いではなかったと思う。スーツは兄が選んでくれていたからおかしなものではないはずだ。それでも、君には不快な思いをさせていたのだろうか……」

不快も何もない。

夕はびっくりしていた。

これほど綺麗な顔を持つ男性が、本気で夕の気持ちを測りかねているようだった。夕の返答如何《いかん》では落ち込みそうな勢いだ。

こんな人が、本当に、どうして……？

そんなにのめり込むほど、自分の骨格は珍しいものなのだろうか。

夕は驚きながらも、問いかけには真面目に答えた。

「不快というか……驚いてはいました」

「そ……そうか」

「服装と顔のあまりのギャップに」

「……そうか」

あ、しょんぼりしちゃった。

熊でいた時でさえかわいいと思っていたが、格好良い男性が肩を落とすと、こんなにもかわいく見えるとは。思わず手を差し伸べたくなる哀愁《あいしゅう》も漂っている。

なんだか四朗を身近に感じられて、少しずつ気持ちが解れてくる。

「あの、いえ、決してお顔が変だとかそういうことではなく、ただ、ちゃんとしたスーツを着ているのにお顔だけは無頓着のようだったのが不思議で……むしろ、すっきりされた今のお顔を見てびっくりしてしまって」

正直、あの熊の顔に慣れてしまっていたし、少し愛着《あいちゃく》も感じていたくらいだ。けれど今それを言っても、彼をまたしょんぼりさせてしまう気がした。彼の言葉を聞く限りでは、夕のことを気遣って今のすっきりした顔にしたのだろうから。

「……そうか」

「あの、別に元々のお顔がもさっとしていたとか顔が見えないからちょっと怖かったとかその、別に熊っぽく見えたとかではなくて……」

だめだ。言えば言うほど、四朗の表情が暗くなっている気がする。

どうにかして前の顔でも嫌ではなかったこと、今の顔も驚いただけだということを伝えようとしたが、空回りし始めた頭ではうまい言葉が出てこない。

フォローしているつもりが、四朗の肩はどんどん下がっていく一方だった。

もっと他人と関わっていれば、こんな時に相応しい言葉を言えただろうにと、今更後悔しても遅い。本当に自分はだめな人間だ、と焦っていると、四朗は同じ言葉を繰り返した。

「そうか」

けれどその声音は、必死に言葉を重ねる夕に苦笑しているようだった。

「いや、よくわかった。自分がいかに、自分本位でいたのか、身に染みた」

「は、はい……？」

四朗は何故か納得しているようだが、夕には何がわかったのかわからなくて不安になる。

けれど四朗はふっきれたような笑みを夕に向けた。

「君は、この顔は、嫌いだろうか？」

「……っ!?」

突然の質問に、夕は声もなかった。

好きとか、嫌いとか、そういうことは考えてもみなかった。

夕は、彼がどんな人であれ、義父の会社のために結婚すると決めていたのだから。

けれど彼は、夕の気持ちが知りたいと言う。そして、夕のために見た目まで変えた。

夕の心にじわりと温かいものが込み上げてくる。

そんな人に求められて、嬉しくない人がいるだろうか。胸がいっぱいになって、言葉が詰まった。

四朗はそんな夕を気にせず、続けた。

「私は、君の気持ちを望んでいる。何度でも言うが、できれば、私と結婚してほしい。君が望むのなら、私はこの顔を維持する……努力をする」

「——そ、んな……」

努力なんて、必要はない。

夕の声がうまく出ない間も、四朗は自分の想いを滔々《とうとう》と語る。

「思えば、私たちはまだ知り合ったばかりだ。それでいきなり結婚というのも、性急すぎる、と義姉に言われ、考えを改めることにした」

「……え？」

「私たちは、お互いのことをもっと深く知り合うべきだ。そのために、私は君に会いに行くだろう。君の気持ちを知り、考えを知り、理解し、君にも私を知ってほしい。そして——」

一度言葉を切った四朗に、夕は息を呑んだ。

黒い水晶のように煌めく瞳がまっすぐに夕を見つめている。その水晶には、確かに夕に訴えかけるような熱が込められていた。

「……君に、私を欲してもらいたい」

「…………」

心の中では「はい」と頷いているのに、声にならないのが不思議だった。

夕は完全に、四朗の真剣な想いに呑まれていた。

この先一生、彼のような人は現れないと、夕だってわかっている。

いや、彼のような人が、今夕の前にいることがおかしいのだ。

どれほど見つめ合っていたのか。先に視線を動かしたのは四朗だった。

「君のマンションはあれだろう」

彼は長い腕を伸ばし、夕のマンションを指差した。

「……あ、はい」

「一応オートロックのようだが、ちゃんと玄関の施錠も忘れないように」

そんなことは、言われなくてもわかっている。

これでもひとり暮らしは長く、自立している女なのだ。

けれど夕は素直に頷いた。

「はい」

「また明日、ここへ……駅前で待っていてもいいだろうか？　できれば会社に伺いたいが
……あまり人目につくのもだめなのだろう」

「あ……ええ、はい」

以前の四朗ならともかく、今の四朗が会社の前で待っていたら、さらに大変なことにな

りそうだ。

もう一度頷いた夕を見て、四朗は満足そうに笑った。

「……では、また明日」

「はい」

答えた夕に、四朗は自然に手を伸ばした。

その手は両肘《ひじ》あたりに触れてきて、夕の胸が不自然に跳ねる。けれど、そこまでだった。

まるで動作不良を起こした機械のように、四朗はそこでぴたりと止まった。

外国で暮らしていると聞いたから、てっきりハグをされると身構えてしまったが、しばらくののち、四朗は何もなかったかのように手を戻し、夕をマンションの方へ促した。

「……充分気をつけて」

気をつけるも何も、マンションは目と鼻の先だ。

むしろ、四朗の方が気をつけるべきだろう。夕は四朗を振り返り、頭を下げた。

「そちらも、お気をつけて……送ってくださって、ありがとうございました」

そう言うと、途端に気恥ずかしくなって、夕は逃げるようにその場を後にした。

言われた通り玄関の施錠をしたが、心臓はちっとも落ち着かなかった。

これは、どういう状況なのだろう。

恋愛のれの字にも触れることなく生きてきた夕には今の状況がうまく理解できず、何をすればいいのか、何を言ったらいいのかもわからない。

ただ、四朗に触れられるのは、嫌ではなかった。

綺麗な顔には緊張してしまうが、表情が見えやすくなったことで、四朗の気持ちもわかりやすく伝わってきた気がする。夕は彼の眼差しに何か温かなものを感じていた。

そんなことをつらつら考えて、早鐘を打つ心臓を落ち着かせようとするが、明日を楽しみにする気持ちは、どうしても抑えることができなかった。

＊

抱きしめてしまいたかった。

四朗はその衝動を抑えられたことに驚いた。

海外での生活が長い四朗だが、他人との接触は未だ苦手だ。

四朗を知る人々は、四朗が接触を好まないと理解しているからいいが、初対面では付き合いの悪いタイプだと敬遠される。

その通り、付き合いは悪いのだが、この顔もその原因のひとつだったのか、と四朗は改めて思い知った。

昨日、うんざりするほど長い時間、母と義姉に付き合い、新手の苛めか何かにしか思えない苦行に耐えた四朗は、これまでとはまったく違う風貌を手に入れた。

母や義姉の喜びようからして、彼女たちの満足のいくようにはなったのだろう。

様子を見に来た兄や父、ふたりの甥にも好評だった。

『これでお相手の方にも失礼はないはず』

そうまで言われては、四朗はこれまでどれほど失礼な風貌だったのかと、夕と会うことが不安になった。

しかしいざ夕を前にすると、四朗はただただ彼女への気持ちが溢れてくるのを感じていた。

何度見ても、見惚れる美しさだ。

また待ち伏せしたことになってしまったが、彼女が驚いたのは四朗の様子が変わったせいで、ストーカーだと認識されたせいではなかったことにほっとした。

気持ちが抑えられなくて、ただ自分の言いたいことを言ってしまったが、夕には通じたようだった。そして、彼女が以前の外見を嫌悪していたわけではないと知り、やはり嬉しくなる。

義姉はしきりに、四朗の理想は夢想だと言うが、夕こそが四朗の理想として実在しているのだから、夢想ではない。

ただ、夕は気にしなくても、他の人間は違う。隣に並ぶ夕まで変な目で見られるのは許せないから、四朗は変わって良かったと思う。

傍にいられたことが、話せたことが、笑顔を見られたことが、嬉しくてならなかった。けれど、抱きしめてこのまま攫《さら》って行きたいという衝動と戦わなければいけないのはつらかった。

夕がマンションに入るのを見送り、しばらく待ってから、四朗は駅に向かった。今日は駅前に車を止めて夕を待っていたのだ。そこからはまっすぐにホテルに帰る。他に寄るところなどどこにもない。

どこかに寄ることで、夕の余韻《よいん》を消してしまうことが嫌だった。

明日も会える。

約束までできたのだから、今日はそれでよしとしなければならない。

潰《つぶ》れるほど強く腕に抱き、貪《むさぼ》り尽くしたかったが、四朗だって、今は時期尚早だとわかっている。

これから、お互いを深く知り、そして夕に望んでもらいたい。

四朗自身を欲しいと言ってほしい。

この顔の方が良いと言うのなら、四朗は夕のために、この顔を保つ努力をするだろう。

ああ、これが人のための努力か……

四朗は今になって、義姉の言っていたことの意味を理解した。

必死に三樹に取り入ろうとしているようにしか思えなかったさきの行動が、相手を想えば想うほど、必要なことだったとわかる。

相手に好ましいと思ってもらうための努力だ。周囲からは、滑稽《こっけい》に見えるだろう。ただ本人は、恐ろしく真剣なのだ。

今の四朗が、真剣なように。

四朗はそこで初めて、仕事のことも研究のことも思考から抜けていることに気づいた。

これまで、研究のことを考えない日はなかったというのに。

だが、そんな自分も嫌ではなかった。むしろ新鮮に思えて楽しい。そしてそう考えていることに驚いた。

しかし、これ以上のめり込むと、我慢できなくなり夕を襲ってしまいそうだ。

それはだめだ。

四朗でもわかる。そんなことをしたら、きっと嫌われるだろう。

火照《ほて》り始めていた身体を静めるために、四朗は違うことを考える必要があった。研究のことへ頭を切り替えようと思った時、ホテルの従業員がまた手紙を持ってきた。

すでに見慣れてしまった、あの封筒だ。

正直、開けたくないが、開けないままというのも気持ちが落ち着かない。
四朗は部屋に戻ると、ペーパーナイフで封を開けて、また短い手紙を読んだ。

『四朗へ
　男は時に我慢が必要だ。
　しかし、男の身体は我慢しすぎると大変なことになる。
　身体には気をつけるように。
爺』

爺さん、本当に死んでいるんだろうな!?

5章

駅の改札を出て少し歩いたところで、夕は四朗の姿を見つけた。

昨日宣言した通り、彼はまた夕に会いに来てくれたのだ。

夕暮れの町を背に駅前で待っている彼の姿を見て、妙にほっとしている自分に気づく。

今日は昨日より会社を出るのが遅くなってしまったが、彼はそれでも待っていてくれた。

さらに、彼の視線は夕だけに向けられていて、他の人には目もくれていない様子だ。そのことが夕の心を甘く疼《うず》かせる。

どうしよう……

夕は自分の人生の中で、恋愛に夢を見ることも、考えることすらしていなかった。

この浮き立つような感覚がもし恋愛感情だと言うのなら、とてもじゃないが身体が持ちそうにない。

すでに地に足がついていないような感覚なのに、四朗が目の前にいるという現実は、夕をさらに浮ついた気持ちにさせる。

それを楽しいと思っていることに、複雑な気持ちになりながら、夕は四朗に近づいた。

ベッドタウンであるこの町の駅を使う人は、この地域の住民がほとんどだ。

いつもは、お互いの顔も見ないですれ違う人たちが、今は驚いたように振り返り、四朗を見ている。彼の存在感を思い知り、夕はにわかに緊張してきた。

けれど、わざわざ会いに来てくれた彼を放置して逃げるわけにもいかない。

夕は躊躇《ちゅうちょ》する足を奮い立たせ、彼のもとに向かった。

「お帰り、夕」

「た……か、帰りました……」

当たり前のように夕を迎えてくれる言葉が、こんなに嬉しいとは。

夕は、そういえば出迎えてくれる人がいるなんてどのくらいぶりだろうと考え、それがずいぶん昔のことだと気づいて愕然とした。

子供の頃、母の再婚で大きな家に移り住んだものの、義父は仕事で家におらず、母も交友関係が広くなったので家にいることが少なくなった。義妹やお手伝いさんは家にいたが、夕をわざわざ出迎えたりはしない。

私、お帰りって、誰かに言ってほしかったんだ。

四朗の言葉に、幼い頃の自分が心の奥で願っていたことを思い出し、目頭が熱くなる。

それを誤魔化すために、夕は四朗を促した。

「……あの、ここでは、何ですから。行きませんか？」

「ああ……そうだな、帰ろう」

四朗の何気ない言葉ひとつにも、自分の心が浮き立つのを感じる。

こんなに動揺していては、変な女だと思われてしまう。

彼に、嫌われたくないって思ってる……いったい、いつから？

夕は自分の気持ちの変化に驚いていた。

自宅近くの公園に差しかかり、夕は思わず四朗をそこへ誘った。

夕闇が迫る時刻だから、すでに子供の姿はない。

昼間は近所の親子で賑わう公園は、日が落ちると閑散《かんさん》とし、ゆっくり話すのには都合の良い場所だ。

夕は、四朗ともっと一緒にいたいと望んでいた。

あからさまだったかな……

はしたなかったかも、と心配したが、四朗はそんな夕の葛藤には気づかず、ただ了承して、一緒にいる時間を増やすことに賛成してくれた。

公園にあったベンチに並んで座ると、四朗が先に口を開く。

「今日は忙しかったのか？」

「あ……はい、少し終わりかけにバタバタしてしまって。あの、だいぶお待たせしましたか？」

「いや、君を待つ時間も、なかなか楽しいものだった」

「そ……そう、ですか」

「君を待っている時間はいろいろなものを見ることができて、面白い」

「どんなものを、見ていたんですか？」

「そうだな……夕方、子供が改札から出てくるのが珍しいと思った。向こうでは子供は学校帰りにひとりで電車に乗ったりしないからな。あとは、やはり駅は、待ち合わせに使われるものなのだろう。いろんなタイプの人間がそれぞれの相手を待っていて、関係を考えるのも面白かった」

「そうですか……ただお待たせしてしまって申し訳ないと思っていたので、気を紛らわせるものがあったのなら良かったです」

「君は、今日はどんなことを？」

「私は、いつもと同じ仕事で……あ、今日はお休みの子がいたので、バタバタしてしまったんですけど、でも課長たちも手伝ってくれて、ちょっと時間がかかりましたが、無事終わりました」

「ああ、なるほど。それで今日は少し遅かったんだな」

「すみません……」

「夕が謝ることではない。夕の身に、何もなければそれでいいんだ」

お互いを知り合おうと言った言葉通り、四朗は夕の他愛ない話を聞いてくれる。

そしてまっすぐな四朗の言葉は、夕の心臓にいちいち突き刺さって夕を狼狽《ろうばい》させる。

そんな自分が恥ずかしくて、夕は四朗のことを話してほしいと、今度は自分の方から問いかけた。

「名城さんは、今はお仕事は……？」

「大学は休暇を取って休んでいるが、いくつか研究は続けている。パソコンの中に、ある程度の資料は入っているし、あとはそうだな。兄に仕事の手伝いをさせられるくらいだな。数字関係の書類が多いから、研究に行き詰まった時は、頭をリフレッシュさせるのにもちょうどいい」

考えることが仕事なのだろうが、それを楽しいと思う人が本当にいることに驚き、感心した。

仕事の話をする四朗は、それが本当に好きなのだとわかる。

「……私の研究は、古代の人々の生活に宗教がどれほど絡んでいたかということをテーマにしている。宗教という言葉ができる以前は、小さな部族の中で決められたルールがその役割を担っていて、それらを比較し……」

夕は四朗の話をじっと聞いていた。

正直、正しく理解できているとは思わなかったが、熱心に語る四朗の様子に夕は夢中になっていた。しかし途中で四朗がはっと気づいたように言葉を止める。

「……すまない、私は研究のことについて話し始めると止まらなくなるのだ。兄にもよく、興味のない相手には必要のない情報だから、苦行を強いているようなものだと言われるのだが……」

「いいえ！　あの、私はそこまで頭が良くないので、深く理解するには難しいですが……聞いていて、面白かったですよ」

実際、ずっと聞いていたかった。

何しろ、四朗の美声は夕の全身を優しく包み込んでくれるような心地よさだ。

声の美しさに聞き惚れるあまり、内容をまともに聞いていなかったのだから、夕の方が謝るべきだ。

夕が笑うと、四朗もはにかむように笑った。

ちょっと、破壊力がありすぎる……！

目を細めて口の端を上げるだけの笑みだというのに強烈だ。夕は綺麗な人間の笑顔を甘く見ていた。

毎回、こんなことでは、夕の心臓の方が持たない。

やっぱり、熊のままでいてくれた方が良かったのかも……

夕がそんなことを考えているとは思ってもいないだろう四朗は、思い出したようにジャケットのポケットに手を入れた。

「そうだ……兄で思い出した。明日、名城家でパーティが開かれる。君にもぜひ、来てもらいたい」

「……え？」

「私の両親にも会ってもらいたい。君を家族に紹介したい」

「……えっ」

二度驚いた夕に対し、四朗は綺麗な飾り模様のついた封筒を平然と差しだした。

宛名には、ちゃんと夕の名前がある。

けれど夕の頭は真っ白になって、そこから一気に思考が巡り始めた。

そ、そりゃあ結婚を前提ってことは普通で言うともう結婚間近のことになるもののような気がするけどでも私たちってお見合いのようなものであってこの人の厚意でこんなところで話なんてしているけど実際はやっぱり親とも話してもっと早く進めるものだったんじゃないの……!?

動揺しているのを察知したのか、四朗は戸惑ったように、夕が受け取らない招待状と夕の顔を見比べる。

「……いや、堅苦《かたくる》しいものではない。祖父が亡くなり、葬儀が一段落して、身内や、特に親しい知り合いに挨拶をする意味合いが強いもので、ちょうど家族が揃うのでついでに、と思ったくらいなのだが……その、迷惑だろうか？」

「め、迷惑だなんて……」

それは夕が思うことではない。けれど、突然両親に、となると、やはり萎縮してしまう。

夕の戸惑いを拒絶と思ったのか、四朗は必死な様子で言葉を繋げる。

「君のご両親も、一緒に来るといい。松永の会社への融資のこともあるし、彼らも名城や会社の者たちと挨拶するのに都合が良いとも思うが……」

「あ……」

おそらく融資のことは、夕の知らないところで進められているのだろうが、その確認をしないままだった。自分のことしか考えていなかった夕は恥ずかしくなる。

それに、ひとりで行くわけではないと思うと、少しは気持ちが落ち着いてくる。

「わ、わかりました……」

慎重に招待状を受け取ると、四朗は喜んだ。まるで子供のような笑みだ。それを見ることができただけでも、夕は自分が大仕事をやってのけた気になる。

この日はこれで帰ることにした。

マンションの前まで送ってくれる四朗はとても紳士で、必要以上に触れることもない。

ただ、夕を想う気持ちだけは伝わってきて、夕はどこか夢見心地のまま部屋に戻った。

そして手元の招待状を見て現実を思い出し、慌てて母の朝子に電話をする。

「――お母さん？　夕ですけど」

「まぁ、貴女ったら一度も連絡がなくて……あれからどうしていたのか、竜則さんも気にしていらっしゃるのよ」

「あ、あの、ごめんなさい。私もびっくりしてしまって……それで、そっちの方はどうなっているのかと思って」

「会社の方なら、うまく進められているそうよ」

電話口で伝えられたのは、ひどく簡潔な内容だった。

母が言うには、突発的なお見合いの翌日には、名城本社から正式な融資の話が持ち込まれ、義父は大喜びしたという。

ただ、契約書には夕の結婚のことは書かれておらず、これは内々のことだと判断したそうだ。両親も誰にも言っていないらしい。

だから尚更、夕と四朗がどうなっているのか気にしていたらしいのだが、それでも母からの連絡はなかった。

相変わらずの母の対応にもやもやしたものを感じたが、いつものことだと気持ちに蓋《ふた》をして、四朗とはあの後で何度か会っていることを告げ、そして急なことではあるが、明日のパーティに招待されたことを話した。

「ああ、名城家の春の園遊会のことね……」

園遊会？　春の？

夕は母が知っていることにも驚いたが、まるで皇族の行事のような名目にまた驚いた。

「園遊会って、皇族の方の……？」

「いいえ、裏でそう呼ばれているだけよ。著名人や時の人も多く集まる会だから」

堅苦しいものじゃないって言ったのに！

四朗との感覚の違いに動揺するのと同時に、招待状がひどく重いものに思えてくる。金銭感覚の違う家の物の考え方に動揺してしまう。

確か、四朗は名城家の仕事には関わっていないと聞いている。

ただの大学教授だと言っていたし、今日の話ぶりからして、それは本当のことだろう。

しかし背負っている名前は確かに、あの巨大な名城家なのだ。

「……私、招待状をいただいたの。ご両親も一緒にって言われたのだけど……お母さん」

どうしよう、と困惑を伝え、共感を求めたのだが、母からの返事は思っていたものとまったく違うものだった。

「まぁ！　園遊会に行けるのね!?」

その声は驚きよりも大きな喜びに満ちていた。

「さっそく竜則さんに伝えなくちゃ……今年の園遊会は、ご不幸があったばかりだから規模が小さいって噂されていて……ご招待客も限られていたらしいの。でもご招待されたんだもの、良かったわ……ああ、貴女もちゃんと用意しておいてね。四朗さんの恥にならないように」

「え……っと、待ってお母さん、私、何を着て行けばいいの？」

すぐにでも電話を切って夫に伝えに行きそうな母を呼び止め、夕は自分の不安を伝えた。

「そうね、春のものだから華やかな色で……ああ、でも四朗さんのお祖父様のご葬儀の後でしょう？　派手すぎるのもだめだわ。かといって黒なんてだめよ」

ならいったい、何色の何を着て行けばいいのか。

夕は母の適当なアドバイスに、グルグルと頭を回し自分の小さなクロゼットを見回した。

「……ちょっと前に、友達の結婚式で来たワンピースがあるけど……薄い水色の。それでもいいかしら？」

「まぁ、いいんじゃない？　じゃあまた明日、そうね、一緒に行きましょう。迎えに行くわ」

「あ……ま、待ってお母さん……」

呼び止めたものの、今度こそ母との通話は切れた。

夕はひとりだけの部屋で、迷子になった子供のように途方に暮れたのだった。

＊

ホテルに戻った四朗は、すぐに三樹に電話をかけた。

「兄さん、明日のパーティに夕も呼んだから」

名城家の春の園遊会と称される催しは、二十年以上も前から続いている、名城家の恒例《こうれい》行事だった。

それは、ちょうど今四朗が滞在しているホテルで行われる。このホテルの最上階には、ガーデンルームがあり、四季折々の景色が眺められてパーティには最適の場所だった。

祖父の葬儀が終わって日が浅いが、祖父の遺言に園遊会は滞りなく行うようにとの言葉があったから、中止するわけにもいかなかった。

この園遊会を楽しみにしているのは名城家だけではない。

そこへ招待される客、主に政財界の者たちにとっては、必要な情報交換の場所であり、大事なビジネスの場でもある。

とはいえ、さすがに大々的に行うのも憚《はばか》られ、呼ぶ人数を制限した。しかしひとりやふたり増えても問題はないはずだ。

四朗は昨日のうちにホテルに伝えて招待状を用意し、それを夕に渡したのだ。

ただ、仕切っているのは兄の三樹だから、連絡は必要だろうとこうして伝えたのだが、三樹の返事は何故か渋いものだった。

「……園遊会に？　夕さんを？　いつ誘ったんだ？」

「今日だ。さっき家まで送った時に。ちょうどよかったからな」

「……四朗。お前」

三樹は呻くように四朗の名を呼び、一呼吸置き、深く溜め息を吐いた。

その音を電話越しに聞いた四朗は、いったい何があったのかと眉根を寄せる。

「兄さん？」

「お前、本当に、常識というものをどこかに捨てて来たらしいな……いや、元々持っていなかったのか？　お前の高いＩＱは常識を排除するようにできているのか？」

四朗はまた、三樹が呆れているような声に気づいた。そこには怒りが滲んでいるようにも感じる。

ただ、四朗は何故三樹がこんなにも怒っているのかがわからない。

「……だめだったのか？　もう満員だったか？」

「四朗、まさかいい歳をした弟にこんなことを言わなくてはならないとは非常に残念だが、これも躾を怠った僕たちの責任だろう。いいか、四朗」

「……はい」

ここは大人しく返事をするべきところだと、四朗は本能で察知して子供のように答える。

「人には、予定や事情というものがある。その人の予定は他人が勝手に決めるものではない。それから、自分の都合を押し付けるなど、相手には迷惑この上ないことだ」

兄の本格的な説教は久しぶりだった。

まさか大人になってからされるとは思っていなかったが、今は黙って聞いておくべきだろうと四朗は大人しく聞いていた。内容をまとめればこういうことらしい。

まず、夕にも予定がある。

松永家の娘なのだからパーティなどには慣れているかもしれないが、女性を誘うにはあらかじめ用意ができるような日数が必要だという。

さらに、誘ったからにはエスコートをする必要があり、そのための準備をしなければならないらしい。

つまり、突然明日のパーティに誘った四朗は、夕にかなりの無茶を言ったことになる。

「……夕は、怒っただろうか？」

「さあな。怒っていても不思議はないが、彼女、様子はどうだったんだ？」

四朗はこれまで国外にいたおかげで、名城家の開くパーティにはまったく縁がなかった。

それに、これまでパーティに女性など誘ったこともないので、そんな常識を知るはずもない。

誘われて都合がつけば行く。それが四朗のスタイルだったのだ。

今更ながら、四朗は自分が失敗したことを思い知り、落ち込んだが、夕の別れ際の様子を思い出して、少し浮上する。

「……怒っては、いなかったと思う。困っていたようだったが」

それで、少しでも気持ちが楽になればと両親も一緒にと言ったのだ。

三樹はもう一度溜め息を吐く。

「……まぁ、この機会に両家が顔を合わせておくのも悪くはない。お前のしたこともマイナスだけではなかった」

兄に慰められても、四朗は少しも気持ちが晴れなかった。

それに気づいたのか、三樹はからかうような声を上げる。

「それに、これまで名城家の次男という立場と責任を放棄《ほうき》していたお前が、とうとう公の場に顔を出すと決めたんだ。それだけでも僕は夕さんに感謝したいくらいだよ」

「……兄さん」

四朗はついこの間まで、研究ができればそれで満足だった。

煩わしい人との付き合いを徹底的に排除していたから、今の四朗がある。

今更周囲となじめと言われても困るが、確かに夕のためなら四朗はどこへでも行くだろう。

ソーニャ文庫
新刊情報
2017年8月
執着系乙女官能レーベル
Sonya
ソーニャ文庫
ソーニャ文庫公式webサイト　http://sonyabunko.com
ソーニャ文庫公式twitter　@Sonyabunko
裏面にお試し読み付き！
イースト・プレス

お試し読み

天才教授の懸命な求婚

秋野真珠

イラスト　ひたき

「……夕、力を……抜けるか？」

「……っむ、り、です……っん！」

だろうな。

愚問だったと思いながら、上半身を夕に重ね、苦しそうな顔を覗き込む。

「夕……私を見てくれ」

「ん……っ」

「私を、受け入れてくれ……このまま、最後まで、君が欲しい」

「ん、ん――っ」

細かな抜き差しを繰り返しながら、少しずつ奥へと進める。

夕の顔にたくさんのキスを落とし、感じてくれていただろう乳房に触れ、細い腰を何度も撫でる。

「……っう、ぁ」

四朗の方も思わず声を上げてしまうほど、夕の中は気持ちが良かった。

「ん、ん……っ」

――ほんの一部分が繋がっただけなのに、夕のすべてが全身に伝わるようだった。小さく震えながら、夕が我慢してくれているのもわかる。四朗を受け入れようとしてくれているのだろう。

それが嬉しかった。

悪魔な夫と恋の魔法

荷鴣

イラスト DUO BRAND.

「あ。リズ……先が、入ったよ」

「……………先？」

「うん、先だけ。いまから、全部入れるね」

リズベスはあからさまに動揺した。先と全部の正体がわからない。しかし、『先』が示唆《しさ》するものは、まだまだ続きがあるということだ。

——なんてことなの！

「ん。すごく……先だけなのに……あたたかくて、締めつけられて……これ以上進んだらどうなるんだろう。リズは、どう？　気持ちいい？」

うっとりと覗きこまれて、リズベスはわなないた。怒りにまかせてわめき散らしたくなった。想像を絶する痛みに耐えているのに、彼ときたら！

「ぐっ……気持ちいいとは……言えないっ！」

「じゃあ、もっとがんばるね。少し、……かなり、いまはきついけど」

唇を噛みしめた彼は、無情にも腰をぐりぐりと押し進める。がんばる方向がありえない。

「ウ！　ロディ、違う！　違うのっ」

「どうしよう……リズ。すごい。理性がなくなりそう……——くっ」

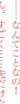

8月の新刊

天才教授の懸命な求婚

秋野真珠　イラスト ひたき

「では、役所へ行きましょう」有名企業の御曹司で大学教授の名城《なぎ》四朗《しろう》から、突然プロポーズ(?)をされた、地味OLの松永《まつなが》夕《ゆう》。直球すぎる愛の言葉は、恋を知らない夕の心を震わせる。彼の劣情に煽られて、やがて、情熱的な一夜を過ごす夕だったが、ある事実を知ってしまい…!?

悪魔な夫と恋の魔法

荷鴣　イラスト DUO BRAND.

大親友だったロデリックに“おぞましい仕打ち”をされてから、彼を悪魔と思うようになったリズベス。怪しげなおまじないに頼ってひきこもっていたけれど、彼の策略にまんまとはまり、結婚することに。そして迎えた初夜、なんとまた、あの“おぞましい仕打ち”が待っていて――!?

次回の新刊　9月4日ごろ発売予定

忘却(仮)	山野辺りり	イラスト：氷堂れん
光差す森(仮)	奥透湖	イラスト：芒其之一

「かわいい弟が婚約者に振られないように、僕からの救いの手を差し伸べておこう」

「救いの手？」

「ああ、当日、夕さんが困らないように、だ」

三樹の言っていることはわからなかったが、兄は四朗のためにならないことはしない。

四朗はそれを知っているから、お礼を言って電話を切った。

そこへ、ちょうど見計らったかのようにホテルの従業員が部屋を訪れる。

もうここまでくれば、何を持ってきたのかわかる。

渡された封筒を一瞥して、仕方なく封を切った。

『四朗へ
　女を誘う時にまごつくことほど、無様なことはない。
　気をつけろ。
爺』

本当に、どこで見ているんだ!?

この爺さん！

6章

夕は緊張したまま、両親と共に車から降りた。

今日は平日で仕事もあったけれど、園遊会のことを考えるとまともに頭が働かず、半日で早退を願い出た。

私的なことで仕事を休むことなど滅多にないせいか、上司にはひどく心配された。緊張のためか、顔色も悪かったようだ。

病気でないのはわかっていたが、休めるなら都合が良かったのでそのままにしておいた。

そしてマンションに戻り、昨日から出しておいたワンピースに袖《そで》を通した。

鏡に映る自分を何度確かめても地味な女がいるだけだった。

前にこの服を着たのは大学時代の友人の結婚式で、とりあえず髪も前回と同じようにサイドアップにしてみたが、違和感はなかった。

ただ、今回は一般人の結婚式と同レベルではない気がする。

先日ぶりに会った両親は、義父はスーツで、母は和装だった。ふたりとも着なれている様子が見てとれる。母は夕を見るなり、しっかりと顔を顰めた。

やはり良くなかったのだろう。

けれど、今の夕にこれ以上の服など用意できない。

せめてあと一日時間があれば、と思ったが、今更どうにもならなかった。

そして招待状に書かれてあったホテルは、一生縁がないだろうと思っていた名城のホテルだ。

外装からして近寄りがたいが、一歩足を踏み入れただけで自分が場違いなところにいるのがわかってしまう。

こんなことで本当に大丈夫なのだろうか。

四朗と結婚する場合、夕もこの場所に立つことに慣れなければならないのか。ただの大学教授だと言っていたけれど、熊でなくなった四朗は本当に美しい青年になった。誰が見ても名城の名に相応しい人だと思うだろう。そのお相手がこんな場所で怯《ひる》むような夕でいいのだろうか。

不安が一気に押し寄せてきて、床に足が縫《ぬ》い付けられたように動かなくなる、その時、涼やかな声が夕の名を呼んだ。

「松永……夕さん？」

確かめるような声だったが、振り向いた先には、臙脂《えんじ》色とクリーム色の生地をうまく重ねた細身のドレスを着た女性がいて、彼女は確かに夕を見ていた。

後ろですっきりとまとめた髪に、華美でない装飾が耳と首にあるだけなのに、その場が明るくなるような美人に、夕は目を瞬かせた。

こんなモデルのような知り合いはいない、と夕は断言できる。こんなに綺麗な人は一度でも会えば忘れないだろう。

夕が驚いていると、相手は優しく微笑んだ。

「初めまして、名城さきです。三樹さん——四朗さんの兄の妻です」

「あ……初めまして」

相手がわかれば、夕もぼうっとしていられない。

慌てて頭を下げると、一緒にいた両親も挨拶を交わす。

園遊会の会場ではなく、ホテルの入口で挨拶をされたことに驚いていると、さきが理由を教えてくれた。

「四朗さんから夕さんのことを頼まれておりますの。よろしければ一緒に来てくださる？おふたりは、そのまま奥のエレベーターで会場へお願いいたします。お嬢様のことは、私がきちんとお世話いたしますから」

にっこりと、隙のない笑みを向けられれば、両親も夕も、拒否することなどできない。

いったいどこへ連れて行かれるのだろう、と不安はあったが、あまりに自然に案内されるので、促されるままついて行った。

エレベーターに乗りふたりきりになると、さきは先ほどまでとは違う、人懐こく柔らかい笑みを夕に見せる。

「改めて、初めまして。私、貴女に会うのが楽しみだったのよ」

「――えっ」

「何しろ、あの四朗さんを落とした方だもの……いったいどんな方なんだろうってわくわくしていたの――けど相手はあの四朗さんだから……本当、大変でしょう？」

「は……え？　えっと？」

事情を知っている様子のさきの話に、夕は咄嗟に答えられずに戸惑ったが、さきは気にせず、わかっているのよ、と面白そうに頷いている。

「昨日、招待状を渡されたのですってね……本当にもう、躾ができていなくて、申し訳ないわ。ごめんなさいね？　三樹さんからもよく叱ってもらうようお願いしているのだけど、夕さんも遠慮なさらず、どんどん怒るといいわよ」

「……は、あ」

情けない返事をしてしまったのも仕方がないだろう。

話の内容もさることながら、美人が突如、フレンドリーになってきたのだから、このことがまず夕にとっては驚きなのだ。変化の理由がわからない夕には、はいともいいえとも言えるはずがない。

　さきはエレベーターが止まった階で先に下り、扉が閉まらないよう手を添えて、夕を促す。

「この奥に部屋を用意してあるの。四朗さんが泊まっている部屋でも良かったのだけど……まだ、嫌よね」

「……えっ!?」

　四朗の部屋、と聞いただけで夕の身体はびくりと揺れた。

　それにくすりと笑って頷いたさきは、タイトなスカートのドレスにハイヒールという出で立ちであるというのに、ふかふかの絨毯《じゅうたん》が敷かれた廊下にも足を取られることなく歩き、夕を案内した。

　言われるまま従った夕だが、この部屋にいったい何があるのかはわからないままだ。

　カードキーで部屋に入ったさきに奥に進むように言われ、そこで夕はまた驚いた。

「さぁ夕さん、お着替えしましょうか」

　そう言って笑うさきの示す先には、色とりどりの華やかなドレスが用意されていた。

　そして室内には、スタイリストであろう女性も控えている。

　夕は、会場へ行く前にここに案内された理由をようやく理解した。

「本当に、四朗さんの無知さには呆れるわ。女には準備の時間はどれほどあっても足りないということを、今度こそ覚えてもらわなくては……ねぇ夕さん？」

ねぇ、と言われても、夕は未だ呆然とするばかりで、頭と身体がうまく機能していなかった。

その反応をいいことに、さきは自由に進めることにしたようだ。

気がつけば夕は、瞬く間に綺麗に仕上がっていた。

＊

四朗は少し不安になっていた。

昨日、兄に電話で怒られてから、今日になってもう一度さきに怒られ、母の良乃にも怒られた。

女性の怒りはねちねちとしていて、何度も同じことを繰り返されて、どうすればいいのかわからない。

彼女らが言うには、四朗は夕にとても失礼なことをしたようなので、四朗が怒る筋合いではないが、延々と嫌みを言われ続けるのは面白くない。

しかしさきに、夕のことは任せてもらう、と言われた時には口を出さずにはいられなかった。

『夕のことは、私が決める』

だが、四朗に返って来たのは、このところすっかり慣れてしまった義姉の冷ややかな視線だった。

『あら、女性のことも、努力することも、まるで理解されていない四朗さんが、夕さんの何を決められると言うの？』

そう言われれば、四朗は言葉に詰まる。

四朗は、夕はありのままでいいと思っているから、特別に何かをする必要もないと思っていた。だが、こういったパーティなどでは、雰囲気に合わなければそれだけで夕の立場が悪くなると言う。

夕は存在自体が美しいのだから、どんな服を着ても似合うと思うが、さきからすればそれは愚《おろ》かな判断そのもののようで、母も一緒になって四朗を可哀想なものを見るような目で見ていた。

味方であるはずの兄からもゆっくりと首を横に振られ、暗に「逆らうな」と諭されては、四朗はさきの言う通りにするしかなかった。

そして今、すでに園遊会は始まっている。

父と兄の隣に立った四朗は、これまで表に顔を出さなかった不肖《ふしょう》の次男だと各人に紹介されていったが、そんなことは正直、どうでもよかった。

ただ、兄たちの顔を潰さないように努めるだけだ。

名城コーポレーションの会社役員たちから、政財界の要人まで名刺を交わしたものの、相手の裏を見抜くのが癖になっている四朗には、興味を抱く相手は誰もいなかった。

名城家の次男で未婚と知ると、皆揃って、自分の娘や知り合いを紹介しようと言葉を重ねてくる。そういった輩には、四朗の仕事のことを話してやった。

「私は名城の家から飛び出した放蕩《ほうとう》者でして、大学で趣味の研究を続けております。研究に人生を捧げているようなものなので、この先もやめることはないでしょう」

これで大半の者は、離れて行ってくれる。

嘘ではないので、四朗の言うことに兄たちも否定はしない。そのことにだけは感謝しながら、四朗はただひたすら、夕が来るのを待った。

できれば、自分が彼女をエスコートしたかった。

この会場に一緒に入って来たかった。そうすれば、夕が自分のものであるとはっきり知らしめられただろう。

しかし、自分が愚かなことをしたせいで、夕はすぐには来られないらしい。会場に先に行って待っていろ、というのがさきの指示だった。

いったいあとどれほど待つのだろうと焦れていた時、夕の両親である松永夫妻が姿を見せた。

「これは……先日は失礼をいたしました。名城四朗です」

仮にも義理の両親となるのだから、四朗は彼らに近づき、頭を下げる。

先日の失礼とは、兄に引きずられるように部屋から出る羽目になったことについてだが、四朗が頭を下げたことで相手も驚いたようだ。

「いいえそんな……！　四朗さんには、夕が……お世話になっているようで」

竜則は言葉を選びながらそう答えた。隣にいる朝子は、四朗の顔を見て驚いている様子だ。しかし夕以外にどう見られようが興味のない四朗は気にせず竜則と話を進めることにした。

四朗の中では決定事項だが、結婚は家の問題でもある。

「いえ、私が望んだことです。夕は……夕さんは、とても素晴らしいお嬢さんですね」

四朗としては、掛け値なしの本心を伝えたのだが、竜則は曖昧に笑い、朝子の方ははっきりと不安そうな顔をした。

「何か……心配なことでも？」

「いいえ、夕は……昔からいい子でしたので」

「手のかからない子でしたけれど、でも、愛想がなくて……本当に、四朗さんはあの子で良かったのでしょうか？　すみれさんは昔から人好きのする子で、パーティにも進んで来てくれる子でしたけれど、夕は家のことにも興味がなくて、今日も四朗さんに恥をかかせてしまうのではないかと……」

　竜則も朝子ほどはっきり言わないまでも、困惑した顔から察するに、同じ気持ちなのだろう。

　これが夕の親か？

　四朗なりに気を遣って猫を被っていたのに、それを脱ぎ捨ててしまおうかと思うほど、一瞬で不快感が湧き上がった。

「夕さんはこんな私にはもったいない女性ですよ」

　それでも、他の誰かに譲るつもりはないという独占欲を含ませて言ったのだが、それは相手の求める答えではなかったようだ。

「でも、名城家に嫁ぐのですから……多少はこんな場での対応も慣れていないと。真面目な子ですけれど、それしか取り柄がなくて、もう少し格好も気にしてほしいのに、いつも地味なものばかり。少しはすみれさんを見習ってほしいと思っていて……」

　朝子の愚痴のような言葉は止まらないようだ。

　本当に夕を疎んでいるのではないかと思うような態度に、四朗は不快を通り越し嫌悪が募る。夕の親だから、という理由で愛想良くした自分が馬鹿馬鹿しくなるほどだった。

いったい、どうして自分の子供をそんなに非難する？

そもそも、相手が夕でなければ四朗も結婚したいとは思わない。

ここで妹の方を推《お》されても、四朗は全力で断るだろう。

あんなに素晴らしい夕を、何故親が貶すのか、四朗には信じられない。

結婚しても彼らには近づきたくないなと思ったが、夕の家族であるし、縁を切るわけにもいかないだろう。結婚前に険悪になるのは避けたい。そのためには、言いたいことを今そのまま口にするわけにもいかないと、必死で怒りを抑えた。

けれど、これ以上夕の悪口のようなものを聞かされるというのなら、どうなるかはわからない。

四朗が不穏なものを抱えたその時、後から声をかけられた。

「四朗さん、お待たせしました」

義姉のさきの声だった。

もう一生分ほど待った、と振り向けば、そこには女神とも言うべき存在が佇《たたず》んでいた。

「どう？　よく似合っているでしょう、このドレス」

さきが何かを言っているが、四朗にはまったく耳に入らなかった。

前言撤回だ。

どんな服を着ていても夕は美しいと思っていたが、今のドレスを着た彼女は、まるで色のない世界に一輪の華が咲いているように、美しい。

裾に行くにつれ、黄色から緑色に変わっていくそのドレスは、スカート部分がふわりと広がるようになっていて、彼女の瑞々しい美しさを引き立てている。背中まであった髪も丁寧に結いあげられていて、花を象った金の装飾が綺麗な黒髪によく映えていた。

いつもより化粧をしているのか、頬はうっすら染まっていて、唇もまるで奪ってくださいと言わんばかりに艶《つや》めいている。

これが四朗の夕なのだろうか。

ハイネックになっているドレスは袖がなく、細い肩がむき出しになっている。以前触れた時に細いとは思っていたが、彼女は想像以上に細く、けれど柔らかそうで、壊れそうでもあった。

その夕の視線はまっすぐに四朗に向けられている。

その瞳の奥にどこか怯えが見てとれて、いったいどうしたのかと四朗も不安になってきた。

こんなに美しいのに、何が夕をそんな顔にさせるんだ。

「四朗さん、黙っていないで、何かおっしゃったら？」

さきに促され、四朗は夕を前に何も言えないでいたことに気づいた。

改めて夕を見れば、四朗の言葉を待っているようにも見える。

「綺麗だ、夕」

正直な気持ちだ。それ以上の言葉は、様々な辞書を読みあさってきた四朗でも思いつかなかった。

夕は一瞬驚いた顔をした後、頬を染め恥ずかしそうに俯いた。その彼女の様子を見れば、四朗のかけた言葉は正解だったとわかる。

「四朗さん、夕さんをお願いね」

「わかっている」

さきは、これで自分の仕事は終わったと、夕と軽く挨拶を交わして兄のもとへ向かった。

夕はそんなさきを尊敬の眼差しで追っている。

いったいふたりの間に何があったのか気になるところだったが、それよりも今は夕と話がしたい。

「本当に、綺麗だな、夕」

「……っあ、ありがとう、ございます……これ、さきさんが選んでくださって……こんな色、私は選べなかったので、どうしようかと思ったんですけど……」

「似合っている」

自分の語彙《ごい》の少なさが恨めしい。

四朗は自分を罵りたくなるほど、つたない感想しか言えなかった。

しかし夕が恥じらいながらも微笑んでくれたので、とりあえず満足する。

自分はつくづく、彼女の純粋さに救われていると思った。

「ゆ、夕？」

「あ、お母さん、お父さん」

躊躇いがちに声をかけられて、そこに夕の両親がいたことを思い出す。

両親も、先ほどまで貶していた娘の変貌に驚いたようだ。

しかし、夕は元々が美しいのだと声を大にして言いたい。

「貴女……そのドレス、どうしたの？」

「これは、さきさんが貸してくださったの。あ、さきさんというのは先ほどの方で、三樹さんの奥様なのですって」

「まぁ……そうなの、よくしていただいたのね」

「よかったな、夕。似合っているよ」

両親からも褒められて、夕は安堵したように笑っていた。

この夕を前にして、先ほどのように貶していたら、さすがの四朗も我慢せずここから追い出していただろう。

「ありがとう、お母さん、お父さん」

「夕、私の両親に君を紹介したいのだが、いいだろうか？」

いつまでもここに留まっていても仕方がない。

四朗が声をかけると、夕の緊張が増したのがわかる。

背筋をもう一度ピンと伸ばしたようだったが、元々姿勢の良い夕には必要のないことだと思う。

硬くなりながらも頷いた夕を促し、四朗は夕の両親に軽い会釈を残して移動した。

彼らの姿が見えなくなってほっとした。夕の両親ではあるが、なるべく近づけたくないと思った。

夕は、あの両親のもとで、いつもあんなふうに妹と比べられていたのだろうか？

四朗はそこが気になったが、夕の指先が小刻みに震えているのに気がついて、今は他に優先させるべきことがあるだろうと自分を叱咤《しった》する。

「夕、手を」

「……えっ」

言ったものの、四朗は勝手に夕の右手を取って自分の左腕に回した。

「私たちは、一緒にいるのだから……エスコートくらいさせてほしい。本当は、この場に入る時からしたかったんだが」

「い……いいえ、その」

「私が考えなしだったのは、すでに兄たちから充分聞かされている。突然で申し訳なかった。だが、来てくれて嬉しい」

「……ッその、私は……緊張しますけど、四朗さんがよいのなら、よかったです」

「緊張か……確かに、このような場所はそうそう慣れるものでもないだろう。ただ、私は名城の仕事には本当に関わっていないんだ。だからもし、これからもこんなパーティに出たいと考えているのなら、申し訳ないがそれは……」

「いいえ！　あの、私はこんな場所は……正直、自分には無理だと思っています。今も足が崩れそうなくらい緊張していて……こんなことを言うのはだめかもしれませんが、名城さんが、こういった場所にあまり参加されない方が、その、助かります」

「……そうか」

「……はい」

会場は多くの人で溢れている。ホテルの最上階は、催し物用の広間と、寛げるスペースのサンルーム。それを抜けると、ガーデンルームが広がっている。

四朗の両親は、どうやら移動してガーデンルームの方へ向かったようだ。

それを追いかけるには、人の波を縫っていくという一苦労がある。

夕と連れ立っていると、あからさまに視線を向けられる。夕が美しいからだろう。

しかし、誰にもやるつもりはない。

四朗は、自分と夕の関係を見せつけるように、夕を離さず、まっすぐに外へ向かっていた。そこで、夕がふいにぽつりと言った。

「……でも、甘えてばかりは、だめなんでしょうね」

「何をだ？」

聞き返すと、苦笑しながら夕が見上げてくる。

「さっき、さきさんに言われたんです。どんなお相手であれ、結婚するのなら、相手の家に染まるだけの覚悟が必要だって。それまでの自分とまったく違うことだって、相手のことを思えば、どんなことでもできるはずだって」

義姉はいったい夕に何を吹き込んだのだろう。

ただ、四朗は夕の言葉を何度も頭の中で繰り返していた。

相手の色に染まる……夕が、私の色に染まる。

自分の言ったことに恥じらいを見せて戸惑う夕が、愛らしくて堪らない。

今、この場にふたりきりなら、四朗は間違いなく襲いかかっていただろう。

人混みにいることに感謝すればいいのか呪えばいいのかわからなかったが、四朗は夕が自分のために変わってくれようとしていることに感謝したかった。

夕の想いが、腕から伝わってくるようだった。

四朗は夕を見つめる自分の顔が熱くなった気がして目を逸らした。

「……ありがとう」

結果、それだけを言うので精一杯だった。

ようやく両親を見つけて、夕が挨拶をする頃には平常心を取り戻していたが、今度は反対に夕が緊張を思い出したように真っ赤になっている。

「まぁ、かわいらしいお嬢さんね」

「四朗は少々……いや、クセがありすぎるのだが、これからよろしく頼みたい」

父も母も、夕には何の不満もないようだ。

緊張しながらも挨拶ができたことにほっとしたのか、恥ずかしそうに四朗を見上げて笑う夕は、この世の誰よりかわいかった。

＊

四朗の家族と挨拶までできた。

ここまでくると、結婚が本当に現実のものに見えてくる。

そうなると、これまでとは違った意味で夕は緊張した。

自分の容姿にまったく自信が持てず、不安だけが渦巻いていた夕だが、四朗の義姉であるさきに結婚する意味や心構えを丁寧に教えられて、気持ちを改めた。

相手を想うなら、好きな人のためなら、自分が努力しなければならないのだ。

さきは四朗の兄である三樹が本当に好きで、三樹の立場もわかっていたから、一緒になるためには何が必要なのか、何をすればいいのかを考え、それを実行し、今も三樹の側にいて恥ずかしくないように日々努力をしているのだという。

まさに才色兼備といった美人でも、まだ努力しているということに驚いたのと同時に、夕はこれまでの自分を恥ずかしく思った。

自分の人生が、生き方が、恥ずかしいとは思わない。

ただ、誰かのために努力する人の美しさを知って、自分もそうありたいと願うようになってしまった。相手が許してくれるからとそれに甘えているだけではだめだ。

地味に生きることが、自分の身の丈にあっているのだと思っていたけれど、四朗のためなら何でもできる気がする。

夕は、四朗に笑ってほしいと思った。

喜んでほしかった。

そのために努力しなければならないのなら、どんなことだってする。

さきのおかげで外見が変わっただけで、確かに少し自信が持てた。四朗の側にいてもいいのだと思えるようになった。

服やメイクだけで、こんなに気持ちが変わるのだから、夕はできることからしたいと強く思った。

緊張しながらも四朗の両親に挨拶を済ますと、どこからともなく三樹が現れ、挨拶があるから、と四朗を連れて行ってしまった。

一緒に、と誘われたものの、三樹の仕事関係だとしたら、関係のない夕が側にいても相手も困るだろう。

そう思って遠慮したのだが、連れ去られていく四朗が、売られていく仔牛《こうし》のように見えて夕は申し訳なく思いつつも笑ってしまった。

「夕」

そこへ名前を呼ばれて、夕は振り向いた。

「……お母さん、お父さん」

どこか硬い表情のふたりに首を傾げる。

「夕、そのドレス、貸していただいたのね？」

「ええ、うん。そうなの。本当に助かったわ……私の持っていたワンピースなんて、こんなところではだめだったのね」

「そうよ……良かったわ、名城家の方たちが良い人で。あの格好で四朗さんの隣に立つなんて、どうしようかと思ったもの」

「…………」

それなら、会場に入る前に言ってほしかった。

夕は母の溜め息まじりの言葉に、硬い笑みを作ったまま何も言えなくなった。

「まぁまぁ、あなたったら……でも、すみれさんのように華やかさがないでしょう？　四朗さんがお困りになったらどうしようかと思っていたのよ」

「夕は君に似て綺麗だから大丈夫だよ」

義父の褒め言葉に嬉しそうに笑いながらも、母は夕のことをまだ何か足りないと思っているようだった。

確かに、まだ足りないものばかりだ。

しかし義父の会社にはちゃんと融資が行われ、四朗も夕で良いと言っている。母は他に何が足りないと言うのか。

もしかすると、母は彼の相手がすみれでないことを不満に思っているのだろうか。

だとしたら、いくら頑張っても夕の気持ちは伝わらないままで、空回っているだけになる。

四朗のために頑張るつもりでいた気持ちが、ザリザリと剝がされていくように感じて、夕は両親を見ていることができず、俯いた。

そこへ、他から声がかかる。

「……やあ、松永さん、お久しぶりだねぇ」

「おや、国里《くにさと》さんではないですか。ご無沙汰しております」

義父が明朗に答えたことから、仕事関係の人とわかる。

夕は笑顔で控えている母の側で、邪魔にならないよう立っているしかなかった。

その相手は、義父としばらく話していたが、ふと、視線が夕に移った。

それを受けて、義父は夕を紹介する。

「ああ、娘の夕です」

「……松永、夕です」

どう答えればよいのかわからなかったが、とりあえず頭を下げる。

すると、相手は不思議そうな顔をした。

「お嬢さん？　確かお名前はすみれさんではなかったかな……？」

「それは下の子で、夕は姉の方です」

「おや、姉妹だったのですか？」

相手の驚きに、夕の心は沈んでいく。

確かに、夕は初めて親の知り合いに会うが、家族構成の中に自分が入っていないことを思い知らされ、幼い頃に閉じ込めたはずの気持ちが溢れそうになる。

考えても仕方がない、と陰鬱《いんうつ》な気持ちを振り払おうとしていると、相手が興味深そうに問いかけてきた。

「先ほどちらりとお見かけしましたが、もしかしてそちらのお嬢さんは名城の次男の方と……？」

「あ……ええ、まぁ、まだ正式には決まっておりませんが」

義父は言葉を濁したものの、相手は驚き、そして感心したように言った。

「それはそれは、とても良いご縁ですなぁ。あの次男の四朗さんは、これまで一度もこのような場に顔を出されていなかったので、いったいどんな方なのかとこれまでも噂になっておりましたが……」

「ああ、そうでしたか……確か、大学で教鞭を執《と》っておられるとか」

「そんな、彼はただの大学講師ではないんですよ！」

義父の言葉に驚き、相手はそんなことも知らないのかと言わんばかりに説明してくれる。

「彼は幼い頃から天才と言われ、あの優秀なお兄さんの三樹さんより勉強がおできになると評判でした。若くにアメリカに渡ってからは、思う存分才能を発揮されたようですな。今彼が勤めているアメリカの大学では、とても優秀な研究者らしく、学会でも有名な方なんだとか。研究のために作ったプログラムも素晴らしくて、企業に高値で買われたという話も聞きますな。しかも、向こうの警察に乞われて捜査の協力をしていて、何度も感謝状をもらっているんだとか……やはり、名城家の方は頭のできが違いますなぁ」

「そ、そうなんですか……」

義父も驚いていたようだが、母も同じように目を瞬かせていた。

そして、夕も驚いた。

そんなに、すごい人だったの――？

「その上お兄さんの三樹さんそっくりの美形でしょう？　これは未婚のお嬢さん方が色めき立つだろうと思っていましたが、すでにお相手がいるとあっては、さぞや残念がるでしょうな。そちらのお嬢さんは本当に良いご縁でしたなぁ」

しみじみと言われても、夕は曖昧に微笑むことしかできなかった。

彼はちょっと変わった大学教授で、あの晴れやかな姿は今だけだと、夕はどこかで思っていた。

普段はこんな場所には来ないと言った彼の言葉に安心していた。

けれど第三者から見れば、四朗の立場は簡単なものではない。

夕が四朗から聞いた情報だけで判断することではなかったのだ。

夕の顔はたちまち白くなるが、両親の顔も不安そうにひきつっていく。

おそらく、夕で大丈夫なのだろうかと思っているのだろう。

言われなくても、夕自身が一番大丈夫なのかと疑っている。

自分の努力だけで足りるのかわからなくなった。

四朗が望むから、今は夕が選ばれているが、もし四朗の気持ちが変われば、夕はどうするのだろう。

ううん、どうするも何も――

夕の気持ちは、もうほとんど決まってしまっている。

さっきの人の言葉で不安になるほど、夕は四朗を想っているのだ。

人波の向こうに、背の高い四朗の姿が見える。

彼のいる場所は、会場の中でも一際輝いているように思えた。

夕は、あの場所に入っていけるのだろうか?

このホテルに着いた時と同じだけの不安が、また夕を揺らしていた。

7章

ホテルで行われた春の園遊会は、滞りなく終わったそうだ。

夕は早々に両親と会場を後にしたので、その話をネットニュースで見た。ニュースになるような場所にいたことが、今は信じられなかった。

先に帰ると言った夕を、四朗は「どうしたのか」と心配そうに聞いてきたけれど、夕は少し考えたくなったのだ。

それは、四朗が近くにいる場所ではうまく考えることができない、彼と夕の今後のことについてだった。

帰りの車内は、行きの時よりさらにしんと静まり返っていた。両親は夕に聞きたいことがあるだろうに、まったく口を開かない。夕も、ただ黙っていた。

マンションまで送ってもらい、夕がお礼を言って降りると、両親はさっと家に帰ってしまう。

ひとり残された夕は、これこそが自分の現実なのだと思い知らされた。

綺麗なドレスを脱いで、クリーニングに出さなくてはと思いながらハンガーにかける。

シャワーを浴びて、飾り立てた自分をすべて洗い流してしまうと、いつもの自分がそこにいた。夕は鏡に映る自分の姿をまじまじと見つめた。

何の変哲もない、どこにでもいる女だ。あの絢爛《けんらん》な場所で四朗の隣にいることが、何かの間違いにしか思えない、普通の女。

いったいなんで、こんなことになってるんだっけ。

四朗の話では、会社の融資とこの結婚は関係ないということだった。四朗が望むから、結婚することになっている。

そして四朗の誠実さを知った夕も、彼を受け入れている。彼と生きる将来をぼんやりとでも描き始めていた。想い合っているのなら、これは政略結婚などではない。

わからないのは、どうしてこんなに平凡な夕が、四朗のような人に望まれているのか、ということだが、四朗の真剣な眼差しを思い出すと、理由などわからなくてもいいような気がしてくる。

『お帰り、夕』

何の迷いもなく、夕を迎えてくれた四朗。

夕はあの時の感動を思い出し、心が温かくなった。彼は、夕に居場所をくれたのだ。

それは、夕が一番欲しかったものだ。

幼い頃、諦めてしまったものだ。

その温もりを知ってしまった今、いくら彼に自分が相応しくないと気づいても、もう諦めることが難しい。

明日、も、会えるのかな……

夕は狭いベッドに倒れ込みながら、四朗の姿を脳裏に浮かべる。

綺麗な顔もそうだけれど、むさくるしい熊のような姿も忘れられない。

そして、夕の心を揺さぶるあの美しい声も。

『──夕』

どきり、と心臓が跳ねる。

実際ここにはいないのに、声を思い出すだけで夕を混乱させる。

あんな人には、この先二度と会えないだろう。

夕は落ち着かなくなりそうで、それ以上考えることをやめ、夢に逃げることにした。

ただ、夢の中に彼が出てくるといいなと考えるのは、止められなかった。

翌日、珍しく遅刻しそうになった夕は、大慌てで出勤した。その日はいつもより忙しかったこともあり、余計なことを考える暇はなかった。

集中していたおかげで、時間通り仕事を終えることができた夕は、椅子に座ったまま、固まった身体を解すように伸びをした。それからふと、のんびりしている場合ではないことを思い出し、慌てて会社を出る。

会社から八駅。降り立った駅に、四朗がいた。

その姿を見て、夕は目頭が熱くなるのを感じていた。

「お帰り、夕」

「……か、えりました」

変な顔を見られたくないと、咄嗟に俯いたけれど、声の震えまでは隠しようがなかった。

彼は、今日も夕を温かく包んでくれる。

昨日のような華やかな場所でも、誰にも負けない存在感を示していたけれど、彼は周囲にはまったく興味がないようだ。今も道行く人の視線を集めながら、その目は夕しか見ていない。

変わらない、彼のまっすぐな眼差しに、夕は救われる気がした。

自宅近くの公園のベンチに並んで座り、またとりとめのない話をする。夕はその途中で、自分が自然に振る舞えていることに気づいた。これまでの緊張が嘘のようだ。

夕を熱のこもった目で見つめながらも、紳士的な態度を崩さない四朗にもどかしくなって、自分から少しずつ近づいてしまうほどだった。

彼のもっといろんな声を聞きたくて、夕もどんなことでも話した。

「――名城さんのお勤めの大学は、アメリカでしたよね」

「ああ、ボストンにある。もう何年かは、そこで講師をしつつ研究を続けるつもりだ」

「それじゃあ……休暇が終わったら、向こうに戻ってしまわれるんですね……？」

四朗は幼い頃から頭が良すぎて、日本の学校は合わなかったらしい。

義務教育中に渡米し、そのまま海外で暮らしているようだ。

「ああ。私の生活基盤は向こうにあるから、よほどのことがない限りは帰国しない。今回は祖父の葬儀があったから帰国した」

「あ、そうですか……」

彼の祖父の葬儀は、ニュースでも取り上げられていた。改めて考えると、名城コーポレーションの創始者の孫が目の前にいるなんて、不思議でならない。縁とは不思議なものだと考えながら、夕は今更ながらに思い至った。

この人と、結婚するっていうことは――

「……もしかして、結婚したら、私もアメリカに？」

「…………そうだな。できれば、一緒に来てほしい」

珍しく四朗が言いよどんだのは、夕と同じく、そのことについて考えていなかったからかもしれない。

まさかこの歳になって、海外生活？

少し不安にもなったが、できないとは思わなかった。

何故なら、四朗がいるからだ。

慣れない場所での生活は、困ることもあるだろうけれど、四朗と離れ離れになるよりマシだと思う自分がいた。

夕はこれまでグルグル考えていたことが馬鹿馬鹿しく感じられてきた。

この人を想う分だけ、信じればいいんだ。

心は簡単に決まっていた。

あ、でも、私英語そんなにうまくなかった……

夕は大学で英文科に進んでいたので、少しは話せると思っているが、それは日本にいる場合の話だ。

ネイティブと会話して生活するなど、想像もできない。

その不安が顔に出ていたのか、四朗が眉を下げる。

「その……君にも仕事があるから、すぐにということにはならないだろうが……その、私の研究が……いや、仕事をこちらで……する、か？」

黙っていると、困惑した四朗の中で何かの計画が進んでしまっていて、夕は慌ててそれを止める。

「あ、いえ、私の仕事は、大丈夫です。結婚退職することだって珍しくないし……」

ただ、それが自分に縁があることとは思っていなかっただけだ。

「ただ、私は、あまり英語がうまくなくて……勉強していたのも大学生の頃までで、それ以降は使うこともなかったですし」

「大丈夫だ。言葉なんて話していれば慣れる」

四朗は心からほっとしたような笑顔で、自信満々に答えた。

それは、四朗の頭脳だから言えることだろう。一般人の夕は、きっとかなりの努力を必要とするはずだ。けれど四朗といるための努力なら、夕はどんなことでも頑張れる気がした。

「……そうですね」

夕が決意を固めて頷いたのを見て、四朗は一度咳《せき》をして、急に改まったように姿勢を正した。

「……それは、その、君は、私と一緒に来てくれる気持ちがあると、取っていいのだろうか？」

問われて初めて、夕はすでにその気でいたのに、彼に何の返事もしていなかったことに気づいた。

四朗の顔は真剣そのもので、眼鏡の奥にある瞳は強く、夕をまっすぐに見つめている。

その揺るぎない視線が、夕の心を強くする。

夕は、自分の真っ赤になった顔が、夕暮れの光で誤魔化されますように、と願いながら、
こくりと確かに頷いた。

「ええ……はい」

「…………」

「…………」

恥ずかしさのあまり顔も上げられなかったが、しばらく待っても四朗からの返事がない。

私、おかしなこと言った……？

しかし、これが、プロポーズの返事になると気づき、夕の顔はさらに赤くなる。

もどかしい沈黙が続いた後、四朗がおもむろに身じろぎした。

「……では、もっとお互いを、知らなければ」

「……そ、そうですね」

いったい何を？　これ以上？　今すぐ!?

返事をしたものの、彼がどういう意図で言ったのかはわからない。ふたりを包む空気どことなく濃密なものになっている気がして、心臓がうるさく騒ぎ出す。

何か変なことを考えてしまいそう……

夕は、咄嗟に邪なことを考えた自分が恥ずかしくなり、慌てて口を開く。

「私は、子供の頃から地味で、いつも目立たない子でした」

お互いを知るにはまず生い立ちからだろう。四朗はきっと、夕のこれまでのことを知りたいと思っているに違いない。

「……そうか？」

「はい、そうです」

いったい何の面接だろうというような内容になってしまったが、四朗の返事があったことにほっとして続ける。

「子供の頃から、妹のすみれが目立っていたので、大人しい子だと見られていました」

とりあえず、このわからない空気を誤魔化したくて話し始めたものの、本当にどうでもいいことすぎて、自分の話題のなさに呆れてしまう。

「だから、家族は知らないと思いますが、実は外で遊ぶことが好きでした」

「外で……どんなことを？」

どうでもいい話なのに、四朗が真剣に話を聞いてくれて、相槌《あいづち》を打ってくれる。自分のことを話すのも、それをきちんと聞いてもらえるのも初めてで、夕は胸が熱くなった。

「どんな、と言われても……普通の」

夕がそう言うと、四朗は複雑な顔になった。

「……私は、あまり外で遊んだ記憶がない」

言われて、夕はふたりの知能の差を思い出す。

義務教育中に海外の大学へ入れるほどの頭脳を持っていれば、子供らしい遊びなんて興味はなかっただろう。

申し訳なさそうに眉を下げている四朗に、夕は自分を罵りたくなる。

「あ、えっと、実家の近くに、こんな公園があったんです」

「こんな？」

夕が示したのは、まさに今目の前に広がる場所だ。

鉄棒やシーソー、ジャングルジムが並び、砂場と滑り台やブランコがある。

子供が走り回れるだけの広さもあり、住宅街の中では充分な遊び場だった。

「私はブランコが好きで、よくひとりでずっと乗りっぱなしで……いたら他の子に迷惑なので、順番を待って、やっぱり乗ってました」

独特の浮遊感が心地よく、ひとりで完結できるところが好きだった。

四朗はちらりとブランコへと視線を向けたが、乗ったことはないのだろう。不思議なものを見るような目で見つめていた。

「乗ってみます？」

今なら、他に子供はいない。

大人の目もないので、変質者にも見られないはずだ。

「いや……しかし、私が乗っては壊れてしまうのではないか？」

確かに四朗の身体は大きいから不安になるのもわかるが、大人がひとり乗ったくらいで壊れるような遊具なら、こんなところにはない。

「大丈夫ですよ……あっ、もし狭くて座れなければ、立って漕《こ》ぐこともできます」

「立って？」

夕は、まだ迷っている四朗の手を取り立ち上がらせた。

手を取った後で、大胆なことをしてしまったと緊張したが、四朗はその手を離さない。

むしろ強く握り返されて、その温もりに身体が熱くなる。

「この台の上に立って……」

緊張を誤魔化すようにブランコの側まで来て説明をするが、四朗の上背を忘れていた。

立ち乗りをすれば、上の鉄骨に頭がぶつかりそうで、かといって座るのも窮屈《きゅうくつ》そうだった。

やっぱり、大人の乗り物じゃなかった……

夕は視線を彷徨わせ、違うものを見つける。

「あ、一輪車」

「一輪車？」

どこかの子供が忘れて行ったのか、地面に横たわっている。ずっと放置されているのだろう。傷がつき放題で汚れていたが、乗れないこともなさそうだ。

「私、昔これ、上手だったんですよ」

「……待て、これに乗るのか？　大丈夫か？」

四朗が心配そうな顔で引き留めるが、幸い今日はパンツスーツだ。子供用にしては車輪も大きめで、大人も乗れるだろう。

サドルを少し上げてセットする。タイヤのついた乗り物の乗り方は、基本自転車と同じだ。一度乗ることができるようになれば、簡単に忘れるものではない。

「……よ、っと」

夕は片手を四朗に支えてもらったまま、地面についていた方の足をペダルにかけた。

そのまま、四朗を中心にしてくるりと回る。

四朗と手を繋いだままなので、動ける範囲は限られているが、久しぶりに乗った一輪車は思った以上に楽しかった。

「ね？」

何周かした後、夕は笑って一輪車を降りる。けれど四朗の手は離れなかった。

繋がった手と、夕とを交互に見て何か考えているようでもある。

「乗ってみます？」

「いや……」

さすがに、四朗の身体にこのサイズは少し小さいと思うが、戸惑う四朗の様子がかわいくて夕は勧めた。

「私、支えてますから、大丈夫ですよ」

「しかし……」

「自転車に乗れます？　じゃあ大丈夫ですよ」

「だが……」

四朗は困り顔で渋っていたが、やがて夕の強引さに折れた。

夕の手をしっかりと握ったまま、一輪車に片足をかける。

「このまま？」

「はい、そのままもう一方の足を離せば……」

「……ふむ」

四朗は少し考えながら、夕に言われるまま足を離した。

小さな一輪車に乗る成人男性の姿は、はたから見れば滑稽なものだろう。けれど肩が触れ合うほどに近づいたふたり以外、見る者はいない。

「あ」

四朗が見事にバランスを取ったので、夕は思わず声を上げた。

初めてなのにすごい、と驚いたのも束の間、その身体はぐらりと傾く。

そもそも、小さなタイヤに乗るのは、熟練の者でなければ難しい。

初心者には小さなものより、大きなタイヤの方が安全だと言われている。少し考えればわかることなのに、この時の夕は、いつもと違う四朗の表情に楽しくなって、何も考えず推し進めてしまった。

「あ、あっ」

「——！」

慌てて支えるものの、夕に、四朗を支えるだけの力などあるはずもない。ふたりが一緒に地面に倒れていくのは当然のことだった。

だめ、転ぶ！

と思った瞬間、がちゃん！　と音を立てて一輪車が地面に転がった。

「…………」

「…………」

その衝撃に、夕は咄嗟に言葉が出なかった。四朗も無言でいた。

夕は、四朗の腕の中にいた。

倒れる瞬間は夕が下だったのに、何故か今は四朗の上にいる。

いや、何故かなど考えなくてもわかる。四朗が咄嗟に、自分を庇ってくれたのだ。

情けなく思ったのは一瞬で、しっかりとした四朗の腕の強さと胸板の厚みを身体で感じてしまい、夕の心臓は音が聞こえてしまいそうなほど、早鐘を打ち始める。けれどそれと同時に、四朗の心音も伝わってくる。自分と同じくらい、速かった。

びっくりしたに違いない。大人になってから転ぶことなど、そうあるはずはないのだから。

そもそも、乗れない人に強引に勧めるなんてどうかしている。

馬鹿なことをした。

夕は自分がどうかしてしまったんじゃないのかと狼狽える。けれど同時に気づいた。

私は、この人に、隙が欲しかったのだ。

上等なスーツが様になる完璧な容姿に、どんな場所で誰を相手にしても変わらない強さ。

さらには、研究者としても一目置かれている彼と自分を比べても仕方のないことだとはわかっているが、それでも、どこかに入り込める隙がないか、探してしまったのだ。

自分の浅ましさが嫌になり、このまま消えてしまいたいと思ったが、ここは四朗の腕の中だ。それにいつまでも地面に転がっているわけにもいかない。

公園の地面がアスファルトでなく砂でよかったと思いながら、夕は彼の腕の中から出ようと身じろぎした。

「あの、すみません……私」

「……いや、怪我は？」

「私は大丈夫です！　名城さんの方が……！」

「これくらいで怪我をするほどやわではない。向こうでは週に一回はジムに通っている」

「あ、そう、ですか」

どうりで勉強一筋の人にしては、しっかりとした身体だと思った。

しかし、よく見れば夕より四朗の方が汚れている。それもそのはずだ。夕の下敷きになったのだから。

「――あっ！　スーツが！」

着崩しているので、以前よりはラフな印象ではあるが、彼の着るものが突然安くなっていることはないだろう。

夕は顔を青くしながら狼狽えた。

「も、申し訳ありません、私がこんな……余計なことを」

「いや、大丈夫だ。初めてだったから、コツがわからず転んでしまったが、何度か繰り返せば乗れるだろう」

「……いえ、もう、こんなものには」

そもそも、大の大人に一輪車に乗れと勧めた自分が愚かだったのだ。

四朗が気にしなくても、夕の気が治まらない。服の弁償《べんしょう》まで考えていたところで、四朗は夕を支えつつすんなりと立ち上がった。夕に怪我がないかを確かめながら、自分の服はまったく気にせず、夕の服についた砂を払っていく。

「だが、君は乗れるのだろう。なら、私も乗れるようになりたい」

「そ……」

そんなこと、言わないでほしい。

こんな甘くて優しい言葉ばかりもらっていたら、とてもじゃないが夕の心臓が持たない。

周囲はいつの間にか夕闇に包まれていて、表情をはっきりと見られないのがせめてもの救いだ。

四朗は夕の服についた砂を入念に払った後、自分の服はささっと払っただけで済ませてしまった。そんな四朗の姿を見て、夕はぎゅうっと胸が苦しくなった。

私、何を言おうとしているの？

心臓が跳ねて、身体から飛び出してしまいそうになっている。

それでも、夕の声ははっきりと出ていた。

「あの……申し訳ないので……私の部屋、すぐそこですから……汚れを落としていかれますか？」

二十五歳まで色事には縁遠い生活をしてきたとはいえ、夕も大人の女だ。

自分で何を言っているのか、何を期待しているのか、よくわかっている。

自分の言葉に自分が一番驚いている気がするが、無知な娘を装うつもりはない。

「…………」

けれど、次第に四朗の沈黙が辛くなってくる。

四朗の返事を待つうちに、だんだんと冷静な思考が戻ってきて、夕は自分の言動を後悔し始めていた。

勘違いも甚《はなは》だしい。

恋愛のれの字も知らない女が、おこがましいにもほどがある。

きっと呆れた——違う、嫌われてしまったかも。

はしたない女だと思われただろうか。

さっきまでうるさかった夕の心臓は、今度はぴたりと鳴り止んでいて、今は締めつけられて痛いほどだった。

あまりの苦しさに夕の顔が歪んだ時、四朗の手が動いた。

その手は、夕の肩にそっと添えられた。

「……頼む」

夕は顔を上げることができなかった。

再び動き出した心臓の音が聞こえてしまいそうで怖かったが、夕ができたのは、ただ頷くことだけだった。

＊

夕の部屋は薄暗かった。

照明がついていないから当然だ。

玄関を照らす灯りだけで見える範囲は、きっちり整理整頓されているのがわかる。

四朗は夕の方へ視線を向けた。オレンジ色の照明の下では顔色はわからないが、肩に力が入っているのがわかる。

おそらく、かなり緊張しているのだろう。

とはいえ、四朗も緊張していた。心臓の音がこんなにうるさいと思ったのは初めてだ。

正直なところ、先ほど腕に抱いてしまってから、四朗の欲望の箍《たが》は今にも外れそうになっていた。

「……あの、靴を脱いで……その、服……服、は、あの」

必死に何でもないように振る舞おうとする姿は、いたずらに四朗を煽るだけだ。

「夕」

「……はいっ」

先にフロアに上がった背中に声をかけると、彼女はびくりと震えながら返事をする。

四朗は手を伸ばすことを躊躇わなかった。

後ろから、華奢な彼女の身体を抱きしめる。

「……っ」

息を呑むような音が聞こえたが、夕に触れてしまった以上、もう腕を緩めることなどできない。

「……止まらないが、いいか」

「………………」

返事は、かわいらしい頷きだけだった。

しかしそれで充分だ。

後ろから頤《おとがい》に手をやり、仰《あお》のかせた瞬間、その唇を奪う。

「……んん」

苦しそうな呻き声が、四朗をさらに駆り立てる。

重ねるだけでは足りなくなって、開いた口に舌を差し入れた。

「ん、ん」

くちゅりと音が立つほど舌で掻き回すと、四朗は唇を貪ることに夢中になった。

背後から覆い被さるようにしていた彼女の身体を、壁に押し付けながらじわじわと正面を向かせたが、唇は離さないままだ。

苦しそうに喉を反らせる夕の腰を抱くと、細い手が肩に触れた。

それが嬉しくて、四朗はさらに身体を密着させた。

「ん……っん！」

身体の奥が熱い。

こもる熱をどうにかしたくて、全身を夕に押し当てて彼女の身体をまさぐった。

「ぅ……んっ」

さらに苦しそうな夕の声がしたが、止めてやることができない。

夕の細い指が四朗のジャケットを強く摑んでいるのが視界の端に見えて、これではだめだと自分を罵るが、身体は思うように動いてくれない。

「……っは」

「はぁ……っ」

一度唇を離すと、乾いた空気が入り込み、口の中が冷えた。

何も考えられないほど、全力でキスをする。

こんなキスができるとは、四朗は想像もしていなかった。夕となら、ただ唇が重なるだけでも良かったはずなのに、それでは足りないと本能が叫んでいる。

薄暗い玄関先で荒い呼吸を繰り返し、ぼんやりとした夕と視線を合わせる。

おそらく、四朗の目には欲情が滲んでいるはずだ。

唇を塞《ふさ》いでいたせいで苦しかったのか、夕は潤んだ目でこちらを見上げている。そんな顔をされると、四朗の息が止まってしまう。

「……部屋に」

「……あ、っち、です」

すぐにでも暴発しそうな昂りを誤魔化したくて問いかけると、答えた夕の声は艶っぽく掠れていた。そのことに背中がざわりと震えたが、示された方に目を向けながら靴を脱ぐ。

だが、そのまま歩いて行くことに焦れて、夕の膝裏に腕を入れて抱き上げた。

「きゃ……っ!?」

「向こうか？」

「あ、はい……」

驚きながらも、落ちないようにしがみつく夕の手は、ひどく健気《けなげ》で扇情《せんじょう》的だ。

スラックスの中で主張している性器は、すでに硬い。これを見れば、夕が驚いて逃げてしまうかもしれない。

そう思うと、部屋は暗いままにしておきたかった。

夕の身体を存分に見られないことが悔《く》やまれるが、それはこの次でいいだろう。

この次――だ。

四朗はもちろん、一度で済ませるつもりはなかった。この関係は、これから一生続いていくのだ。

部屋は広いとは言えず、廊下の突き当たりの扉を開けるとキッチンを兼ねた部屋があるだけだった。

けれどわかりやすくベッドが置かれているので、その点はよかった。

この部屋は、夕だけのものなのだろう。夕のものだけに囲まれたこの空間は、四朗にとって楽園そのものだった。

しかし同時に、ひどく煽られる場所でもあり、身体は熱くたぎって落ち着かない。

夕のシングルベッドは、見る限り小さかった。

しかし落ちないように夕を抱きしめて眠れるのなら、もっと小さなベッドでも良いと思う。

夕をベッドに降ろし、邪魔なジャケットを脱ぐ。シャツの裾を引っ張り出して引きちぎる勢いでボタンを外し、アンダーウェアも勢いよく脱ぎ捨てた。

「……っ」

玄関の方から灯りが漏れているので、まったく見えないわけではない。だからここでスラックスを脱ぐのは早計だと判断し、四朗は今度こそ夕の服に手をかけた。

「あの……私、自分で」

「脱がせたいんだ」

「…………」

夕が自ら脱ぐところを見るのも興奮するだろう。

しかし、待てない。

一度抜けば少し冷静になれるかもしれないが、衝動がなくなるわけでもないだろう。

夕のスーツのジャケットを脱がせて、シャツのボタンに手をかける。

どうしてこんなに小さいんだ？

ボタンを引きちぎってしまいたくなるが、緊張している夕に対してここで乱暴にしてしまえば、怖がられるかもしれない。

そう思うと、四朗は慎重にならざるを得ない。

なんとか途中までボタンを外し、下着が見えたところで、脱がさなくてもよかったのだと気づいた。スラックスからシャツの裾を出し、そこから迷わず手を潜らせる。

「……っん」

下着の上からではあるが、夕の胸だ。そう思うだけでまた、股間が張り詰める。

直に触れたら、自分はいったいどうなってしまうのか。今は考えることもできない。

「……夕」

ベッドに押し倒し、シャツの襟から覗いた首筋に唇を這《は》わせた。

肺いっぱいに夕の匂いを吸い込み、満足して舌で肌を舐《な》めていく。

「ん……っ」

甘い。

耳に届く声と、舌で感じる味を確かめる止まらなくなって何度も舐めながら、夕の服をはだけていった。スラックスの細いベルトを引きちぎってしまいそうになるのを我慢しながら、夕の足から抜く。

「う……」

薄暗い部屋の中、唸るような夕の声が耳に届き、手を止めて顔を覗き込んだ。

「どうした……何か」

嫌だったか、と問いかけようとしたが、夕が涙目でこちらを見つめていたので、四朗も息を呑んだ。

「……は、ずかし、い」

四朗はその答えに笑った。

自分と同じだったからだ。

恥ずかしいから、自分のスラックスを脱がないのだ。

ただ、夕のすべてを見たい。

自分のものにしたい。

下着のみになった夕は、少しでも身体を隠そうとしているのか、胸の前で手を交差し、膝をすり合わせるようにもじもじしている。

そんなことをされると、ますます暴きたくなる。

四朗は夕の顔の両側に手をついて、逃げられないようにしてから顔を寄せる。

「私も同じだ……しかし、止まらない」

夕の手を取って、自分の心臓に触れさせる。どれほど動悸が激しいのか、よくわかるだろう。

夕は四朗の心音に目を丸くしたが、手は離さなかった。

見つめ合っていると、自然と唇が重なる。今度は、啄《ついば》むような優しいものだ。

一度触れて、離れる。

それを繰り返すと、夕の方も力を抜いてくれたのか、唇が自然と開いてきた。

しっかり重ねて、もう一度舌を絡める。奥の方にひきこもっている夕の舌を舐め、もっと触れてほしいと誘うと、夕はゆっくりと返してくれた。

「……っは、あ」

唇を離すと、深く吐息が零れる。

それを吸い取りたくて、もう一度唇を押さえた。

「ん」

いつの間にか力の抜けていた華奢な肩に手を這わせ、下着の肩紐に手をかける。

だが正直なところ、外し方がよくわからなかったので、下から持ち上げるようにして取っていく。

ふる、と小さな乳首がその衝撃で揺れるのを見て、四朗は我慢できずに、そこを口に含んだ。

「あ……っ」

ひどく柔らかい。

きっと強く摑むだけで、痕が残ってしまうだろう。

それは嬉しい気もするが、申し訳ない気持ちもある。しかし、この白い肌に自分の痕跡を残せるなら、丸い乳房に噛み付いてしまいたかった。

「ん……んっ」

凶暴な感情を抑えて、ゆっくり乳首を啄み、舌に絡める。

もう片方の膨らみは手で覆い、その柔らかさを楽しんだ。

「あ……ん」

ぴくりと震えるたびに、夕の声が漏れる。

それでも、抵抗はない。

それどころか、四朗の邪魔をしないようにと、夕の手はシーツを力いっぱい摑んでいた。同じだけの力で四朗を追いやることも可能であるはずなのに。

真っ赤になりながら、四朗の愛撫を必死に受け止めるその姿に四朗は堪らなくなり、もっと夕が欲しくなった。

胸を思うまま貪り、肌を何度も舐めしゃぶる。四朗は噛み付きたくなる衝動と必死に戦っていた。

「ん……っん、あ、の……っ」

「……うん？」

途中で止めることはできないが、夕の声には答えたい。

「あの……あんまり、舐めないで……汚い、です、よ」

「汚いものか。こんなに甘い」

「え？」

「君は、どこも甘いんだ。実は私は、甘いものはあまり好きではないが、君の汗が蜂蜜でできていても、私は喜んですべて舐めとってしまうだろう」

「――――っ」

途端に手で顔を覆ってしまった夕がさらに愛しくなって、目を細めた。

「君のすべてを舐めたい」

「……っ」

「唇も、胸も、手も足も……ここも」

そう言いながら、小さなショーツに手をかけた。

すり合わされた脚の間に指を潜らせるようにして、その奥に触れる。

「……っそん、な、ところは……っ」

慌てて顔から手を放し、脚に力を込めても、四朗にとってそれは心地よい締めつけだ。

「君を食べてしまいたい」

だめだろうか、と困惑しきった顔を見つめると、彼女は狼狽えるように視線を逸らしたが、しばらく彷徨わせてから最後に覗き込むように四朗を見た。

「……わ、からない……こんな、こと、初めてで……っ」

何をしたらいいのか、何をすればいいのかすら、知らない。

囁くような声で申し訳なさそうに教えてくれた夕は、四朗を煽っているに違いない。

凶暴な衝動を抑えきれず、四朗は夕のショーツを勢いよく足から抜きとり、白い脚の間に顔を埋めた。

「んや……っあ！　あっ」

初めて触れる夕の秘部に口付けをし、唇と舌を蠢かせる。薄い襞の中を舌で擽り、びくりと震える身体を抑えるように、腰を掴んだ。

逃げられないようにするためだ。

執拗《しつよう》に秘部を舐め続けると、ますます柔らかくなってくる。四朗は誰も知らない夕の中を夢中で貪った。

「んぁ、あっや、あ、あっん、や」

夕の両ひざを肩にかけると、太ももに顔を締めつけられるが、その温もりさえ気持ちよい。

夕の脚の柔らかさを楽しみながら、音が立つほど秘部を吸い、そこが濡れていることに安堵し、満足した。四朗に反応してくれているのだ。こんなに嬉しいことはない。

「……夕」

濡れた唇を舐めながら顔を上げると、散々辱められたことに怒っているのか、少しむくれた表情で夕がこちらを見ている。

その視線すら愛おしく、四朗は目を細めて自分のベルトに手を伸ばし、スラックスと下着を脱いでいく。

下着の中で抑えつけられている猛りは、もう限界に達して痛いほどだ。

「……私も経験が多い方ではないから、うまいとは言えないだろうが……夕」

「……はい」

まだ恨めしそうな顔をしつつも、夕はちゃんと四朗に返事をしてくれる。

「君を傷つけてしまうかもしれない……それでも、君が欲しい」

「………」

恥ずかしさからか、夕は押し黙ってしまうが、四朗はどうしても言ってほしかった。

「夕、だから……君からも私を望んでほしい」

「……わ、私」

「私が欲しいと、言ってほしいんだ」

どれほどわがままなのかと自分に呆れるが、夕の気持ちが得られないなら、四朗にとってこの行為は何の意味もなかった。

身体だけが満たされたとしても、四朗は虚しくなるだけだろう。

経験が少ないと言ったのは嘘ではない。

渡米した頃はまだ子供だったが、数年すれば男女のことも理解するようになった。

初めて身体を重ねたのは年上の同級生だったが、誘われて、興味本位でついて行き、されるがままの体験だった。

射精の瞬間は確かに心地よかったが、それまでの工程が面倒でならない。面倒だと思ってしまうと続ける気が起きなかった。

それ以来、同じ年頃の男たちがセックスの話で盛り上がっていても、四朗はまったく関心を示さなくなっていた。自分は淡泊なタイプなのだろうと思っていたほどだ。

しかし、夕を前にすればこんなにも違う。

このはちきれんばかりの昂りを一度解き放ってしまいたいが、射精をしたら終わりだとわかっているから、どこまでもそれを引き延ばしたいとも思う。夕のすべてを貪り、暴いてしまっても、終わりたくない。

いったいどうしてしまったのだろうかと、自分自身に驚いたが、夕の妖艶《ようえん》でいじらしい姿を前にすると、まともに思考が働かなくなる。

本能が理性を侵食し、夕の返事を待つより前に、秘められた場所に自身を押し込んでしまいそうだった。

「……わ、私」

夕がようやく掠れた声で返事をしてくれて、ほっとする。

しかし、次にくる言葉は、了承か拒絶か。それがわからず、一気に心拍数が跳ねあがる。

「私……も、ほし、い……です、名城、さんが……っ」

自分の名前が耳に届くまで待てずに、四朗は夕の脚を抱えていた。

躊躇いなく潤った秘部に自身の性器を宛てがい、深く、奥へと埋め込んでいく。

「……っん、あ、ああっ」

夕の中に入っていく性器を見ていると、これ以上ないほど興奮した。

しかし、四朗以外に誰も知らない夕の膣内は狭く、簡単には受け入れてくれない。四朗も痛みを感じるほどのきつい場所を宥めるように、何度も息を吐き出しながら夕の腰のあたりを撫でる。

そしてできるだけ優しく聞こえるように声をかけた。

「……夕、力を……抜けるか？」

「……っむ、り、です……っん！」

だろうな。

愚問だったと思いながら、上半身を夕に重ね、苦しそうな彼女の顔を覗き込む。

「夕……夕、私を見てくれ」

「ん……っ」

「私を、受け入れてくれ……このまま、最後まで、君が欲しい」

「ん、ん――っ」

細かな抜き差しを繰り返しながら、少しずつ奥へと進める。

夕の顔にたくさんのキスを落とし、感じてくれていただろう乳房に触れ、細い腰を何度も撫でる。

「……っう、ぁ」

四朗の方も、思わず声を上げてしまうほど、夕の中は気持ちが良かった。

「ん、ん……っ」

ほんの一部分が繋がっただけなのに、夕のすべてが全身に伝わるようだった。小さく震えながら、夕が我慢してくれているのもわかる。四朗を受け入れようとしてくれているのだろう。

それが嬉しかった。

そしてようやく、みっちりと隙間もない状態で、四朗は夕の最奥まで辿りついた。

「夕……痛いか？　大丈夫か？」

「ん……っいた？　い、かも？　でも、苦しい、という、か……あの、名城、さんが」

夕は胸を大きく上下させながら息を吐きつつも、考えていることを伝えようと言葉を紡ぐ。

「うん？」

恥じらいながらも精一杯教えてくれようとする夕がいじらしくて、思わず目元が緩む。

「……いっぱい、私の、中に……っひうっ!?」

今のは不可抗力だろう。

かわいすぎる彼女のつたない説明に、四朗の性器が勝手に反応する。

「……すまない、これぱっかりは……落ち着かない」

そもそも、念願叶って夕と繋がっているのだ。

遮るものが何もない状態で落ち着いていられるはずがない。

「動くが……いいか？」

尋ねながらも、四朗はひとつの返事しか望んでいなかった。

それでも夕か微かに頷いてくれたことに、心からほっとして、ゆっくりと腰を引いていく。

「んん……っ」

少しだけ動いて、同じだけ戻る。

それを何度も繰り返し、夕の呼吸が四朗と同じだけ乱れるようになると、律動を速めた。

「あ、あ、あっ」

四朗の動きに合わせて零れる嬌声が、堪らない。

四朗はこの声を永遠に聞いていたかった。

終わりたくない。

身体は射精を欲しているのに、吐き出して終わらせたくなかった。

ずっとこのまま、続けていたい。

そう願っても、夕の身体はあまりに心地よく、四朗は我慢できなくなる。

「夕……」

「名城、さん……っ」

細い身体を掻き抱き、全身で夕を感じていると、夕の手が伸びて、四朗の背中に回った。激しくなる四朗の動きに振り落とされないよう必死なのだろうが、遠慮がちにしがみつく姿が愛おしくて、四朗は陥落寸前だった。

「夕、夕……っ」

「あ、あっあ……っ」

もうだめだ、と四朗はぐっと最奥まで押し込み、濃い飛沫を放つ。そのあまりの気持ちよさに、一瞬、頭が真っ白になった。

しばらくの間、夕に覆い被さったまま動けないでいたが、思考がまともに働いてくると、下に押しつぶしたままの彼女が心配になる。

「……すまない、大丈夫か？　重かっただろう」

「あ……えっと……？」

よくわからない、と首を傾げる夕の顔はまだ火照っているようで吐息が熱かった。陶酔した表情から、夕がまだ正気に戻っていないことが窺えたが、ずっとこのままでいるわけにもいかない。

四朗は上半身を起こし、夕の中に埋まった性器をずるりと引き抜いた。

「ん……っ」

それにすら震えて反応する夕にまたいきり立ちそうになるが、抜ききった自分の性器が赤く濡れていることに気づき、息を呑む。

血だ。

夕の男が、自分だけだという証だ。

頭の中が、真っ赤になった気がした。

「……名城さん？」

どうしたのか、と夕が心配そうに声をかけてくるほど、四朗は固まっていたようだ。

「……いや、その……」

「え？　どうした、んですか？」

夕も身体を起こして四朗の顔を覗き込んでくるが、四朗はさりげなく顔を背けた。

まともに顔が見られない。

彼女から先ほど聞いてはいたが、夕の初めての男が自分であることを改めて知り、子供のようにはしゃいでしまいそうな自分が恥ずかしかったのだ。今更ながら、夕が自分にとってどれだけ特別な存在かを思い知る。

「……その」

「はい……？」

「君が、私のものになって……嬉しいんだ」

「………」

正直に告げたが、夕の返事はない。

どうしたのかと夕を見れば、彼女は顔を背けている。灯りの下で見れば、きっと真っ赤になっているだろう。

「……夕？」

「……っそ、そんなことを……っ」

震えながら口ごもる夕は、それを誤魔化そうとするように四朗を睨む。睨んでもかわいらしい目には、しっかり熱がこもっていた。

夕も、四朗と同じ気持ちになっているのだ。

四朗はさらに嬉しくなった。ひとしきり笑ってから、四朗はふと気づく。

「……夕」

「……はい？」

「君はさっき、達したか？」

「……はい？」

二度目の返事は、意味がわからないというニュアンスが含まれていた。

四朗は達した。

それは、夕の秘部から零れ落ちる白濁がよく表している。

しかし、先ほどは自分の欲ばかり優先してしまった気がする。四朗は初めての夕に優しくできなかった自分にがっかりした。

なんという自分勝手な男なのだ。

これではまったく成長していないではないか。

「――すまない」

「え……っえ!? や、あの！ 待ってま……っあ！」

夕のために努力すると決意した自分はどこへ行ったのかと呆れ、四朗はもう一度夕を押し倒し、汚れたままの秘部に顔を伏せる。

今度は指も使って襞を開き、舌と唇でそこを愛撫した。

「あ、あ、あぁっや、だ、め……っえ」

慌てた夕は四朗の頭に手をかけるが、すぐに力をなくし髪を優しく撫でる動きに変わっている。

その指はひどく優しく、心地よい。

「だめではない。私は君に……気持ちよくなってほしいんだ」

「そ、そんな……んんっや、私――私は、あっべつ、に……ん！」

「ここは……どうだろう、いいか？」

「ひう……っ」

四朗だけが気持ちよくなっては意味がないと、中指を中に埋め、上部をゆっくりとなぞる。びくりと腰が反応したことに心が浮き立って、襞の間にある芽を舌で擽り、指を何度も抽挿させる。

「ひぁ……っあっや、あぁっ、も、わた、私っぱ、っかりっ」

「……私は、君が気持ちよくなれば気持ちいい……ここは？」

「ああんっ」

激しい反応に、四朗はさらに嬉しくなって執拗に指を使った。

「や、や――っも、あっあん、ん――ッ」

じゅくじゅくと水音を立てながらそこを弄《いじ》っている途中で、四朗ははっとした。

ここがこんなに濡れているのは、夕が感じているだけではない。

さっき、自分は何をした？

四朗は自分の行動を振り返り、彼女の中に吐き出したものに思い至り、顔を青くする。

「……夕」

「んん……っえ？」

ぴたりと動きを止めた四朗に、翻弄《ほんろう》されていた夕も不思議そうに目を瞬かせた。

夕にまっすぐ目を合わせ、謝罪の気持ちを見せようと思うが、本音では喜んでしまっている。四朗は彼女との子供なら、すぐにでも欲しいからだ。そんな本能を精一杯抑え込み、四朗は告白した。

「避妊具をつけなかった」

「……え？」

「私はさっき、中に出したんだ」

「……あ」

言われて、夕もその事実に気づいたようだった。

結婚前だというのに、自分はなんということを。四朗は自分を罵りたくなった。

いや、四朗自身は一向に構わない。

しかし、そんな予定など立てていないだろう夕はどうだろうか。

彼女は初めてだったのだから、少しでも経験のある四朗が気をつけなければならないところだったのに。

心の中で、自分自身に舌打ちしていると、夕が気まずそうに声をかけてきた。

「……あ、あの、名城さん？」

「……なんだ？」

「え……っと、私……その、せ、不順でして」

「不純？　夕は純粋だろう」

「はぇ？　……って、や、そうではなく、て、せ、生理不順……っで、その、ピルを処方されていて、飲んでいて……」

その意味は、四朗も知っていた。

「あ、あ……っ!?」

夕が驚いた悲鳴を上げたが、四朗も驚いていた。

気づけば、再び夕と繋がっていたからだ。

それは、夕の言葉に本能だけで反応してしまった結果だった。

「あ、ん……っな、名城さ……？」

「四朗だ」

「え？」

「名城はうちにたくさんいる。私の名前を呼んでくれないか」

「……う、え、っと」

初めに挿《い》れた時よりもはるかに潤っている秘部は、四朗のすべてを簡単に呑み込み、もっと深くへと誘っているようでもある。

驚きと恥じらいに染まる夕に、いったい何を強要しているかと呆れるが、四朗は止めてやれなかった。

「し……四朗、さん？」

夕は恥じらいつつも、それから何度も、四朗の望みを叶えてくれた。

彼女に名前を呼ばれるたびに、四朗は頭が痺れるような快感を得た。夕の嬌声が耳に届くだけ、四朗は強く腰を打ちつけていた。

やがて、何も考えられなくなり、四朗は本能に従う獣《けもの》となっていた。

8章

まぶた越しに光を感じて、四朗は目を覚ました。

朝だ。

しかし、昨日までとは違う朝だ。

腕の中に感じる重みが心地よい。狭いベッドでは、やはりふたりがくっついて眠るしかなかった。

昨夜は、初めて夕と触れ合えたことが嬉しくて何度も責め立ててしまったが、最後には夕をいかせることができ、満足した。本音では抱き足りない気持ちがあったが、体力が尽きて眠ってしまった夕を起こすことはしのびなく、四朗も眠りについたのだった。

睡眠時間は足りているとは言いがたいが、四朗はこんなに気持ちのいい朝は初めてだと感じていた。

だがそのうちに、バスルームに行きたくなって、四朗は悩んだ。

このまま腕の中の夕を見つめていたい。

しかし、生理現象はどうすることもできない。ぎりぎりまで粘《ねば》ったが、四朗は夕を起こさないようゆっくり腕を引き抜き、ベッドから下りてバスルームに向かった。

夕の部屋のバスルームは、四朗の手足では少々窮屈な大きさの、浴室とトイレが一緒になったタイプだった。少々無遠慮に思ったが、四朗はそのままシャワーも借りることにした。

昨日は、汗や他のものに塗れた身体を、濡れタオルで拭いただけで眠ってしまったからだ。

しまった、夕が起きてから一緒に入ればよかったのか……？

そんなことを考えたが、今更だ。

しかし今から部屋に戻れば、明るい中で彼女の身体が見られるかもしれないと思い、シャワーのお湯を止める。すると、部屋の方からがしゃん、と何かを落としたような音が聞こえた。

「——夕？」

起きたのだろうかとバスルームの扉越しに声をかけると、明らかに慌てたような返事があった。

「あ、あの……っタオル、棚にあるので、使ってください……」

少し裏返った声に知らず笑みが零れる。

初々しい夕がかわいくてならない。この会話はまるで新婚のようではないか、と嬉しくなった。

「ありがとう」

喜びを噛みしめながら、かわいらしい花柄のシャワーカーテンを引いて、タオルをありがたく使わせてもらい、部屋へ戻った。

狭いキッチンの前では、夕が立ち尽くしていた。

「夕？」

「あ……わ、あ!?」

勢いよく振り返った夕は、四朗を見るなり慌てて顔を背けた。

「……どうした？」

「ふ――、服っ服着てください！」

言われて、四朗はタオルを腰に巻いただけだったことに気づいた。

けれど、裸でバスルームに入ったのだから仕方がない。部屋を見渡すと、ベッドの枕の側に四朗の服がちゃんとたたまれて置かれていた。

夕がたたんでくれたことを嬉しく思いながら、服を身に着けていく。

すべて身に着け終えてから夕を見遣ると、彼女は四朗を見ないように顔を背けたまま、先ほどと同じようにキッチンの前に突っ立っていた。

彼女は大きなシャツとスパッツといった出で立ちだ。おそらく部屋着なのだろう。夕の日常の姿が見られて嬉しい。

四朗は新鮮な気持ちで、キッチンの前で固まっている夕に声をかけた。

「夕？」

「あ……あー、あの……四朗さん、お腹、空いてます？」

そう問われて、そういえばいつから食べていないかったかと昨日のことを振り返る。昼に軽く食べたことは覚えているが、それからは何も腹に入れていない。それを思い出すと、途端に空腹感が襲ってきた。

「ああ……何か食べるものはあるか？」

聞くと、夕は眉間に皺を寄せて考え始めた。その表情は何かに追い詰められているようにも見えて、四朗は少し戸惑った。

「……いや、何もないなら、別に……」

買いに行くなり食べに行くなりすればいい、と言いかけたところで、夕は閃いた、とばかりに目を輝かせる。

「パン！　前に買って美味しかったパンを冷凍してます！　焼けば美味しいですから！」

「そうか……ありがたいが、いいのか？」

「えっ、いいですよ、これくらい……」

冷凍庫からそのパンを取り出し、トースターにセットする夕を、四朗は後ろから見つめていた。

狭いキッチンだが、必要なものは揃っているようだし、とても綺麗だ。

綺麗、だが――

四朗はそこであることに気づいた。

こんなに綺麗なのは、片付いているからではない。普段使っていないからだ。

「夕……もしかして、料理が苦手なのか？」

「――っ!!」

夕の肩がびくりと震える。

そのまま動かなくなってしまったので、四朗はどうしたのかと彼女に近づき顔を覗き込む。夕の顔は、何故か真っ青になっていた。

まるで最大の秘密を知られてしまって、取り返しがつかなくなったような深刻さだ。

「……れ、練習は……してます、が」

どうしても、どうしてなのか、と口ごもる夕に、四朗は首を傾げる。

「別に、できなければできないでいいだろう？」

「え……っで、でも、結婚しても、私、上達する見込みは……っ」

「結婚するのに、料理の腕が必要なのか？」

「……え？」

青い顔でもきょとんとする夕は愛らしい。

四朗は、料理ができないことがどんな意味を持つのかさっぱりわからなかったが、夕が心配しているのならちゃんと話しておきたかった。

「私が一通りこなせるから、問題ないだろう。それに、外食してもいいし、デリバリーもできる。今は何でもあるじゃないか」

「そ……そうですけど、でも結婚する女が料理できないとかそもそもそんな状態で奥さんになろうとか……」

徐々に小さくなっていく夕の声に、四朗は笑ってしまった。

そんなことにこだわっている夕がおかしかったからだ。

「私は料理上手の妻が欲しいわけではない。夕だから結婚したいんだ」

言い切ると、青かった夕の頬が紅潮した。

血の気が戻って何よりだとほっとして、キッチンを見回し、問いかける。

「そういえば、君は、いつも朝に何を食べているんだ？」

パンを思い出すのに時間がかかったということは、いつもはパンは食べていないのだろう。

夕はトースターに入れたパンが焦げてしまわないようじっと見つめながら、流し台の下を指した。

「えっと、私はカップスープをいつも飲んでいるので……あ、いろいろ種類があるんです。四朗さんも飲まれます？」

「うん、いただこうか」

答えると、夕は嬉しそうにしながらトースターを横目にお湯を沸かし始めた。

タイマーをセットして焼いているのだから、そんなに心配しなくてもいいのでは、とは思ったが、四朗はあえて何も言わず見守っていた。そのうちにパンが焼けると、焦げていなかったことを、夕はとても喜んでいた。

彼女はバターを冷蔵庫から取り出して、ローテーブルにセッティングしていく。それから、いろんな種類のカップスープを出してきて四朗に選ばせてくれた。

本当に新婚のようだ。

小さなテーブルを囲み、同じ朝食を食べる。どこか擽ったくて、けれどとても心地よい時間だ。

けれど、楽しい時間はあっという間に過ぎていく。

夕は今日も仕事があるのだ。本当に残念でならない。

出勤時間が迫ると、夕は慌てて出かける準備を始めた。四朗は手持ち無沙汰だったが、夕を見ているだけで満足していた。しかし昨夜、気を失うように眠りについた彼女を思い出すと、心配になってくる。

「夕、身体は大丈夫か？」

「え……っあ、や、えっと」

きょとんとした後で、頬を染めて戸惑った夕は、小さな声で「大丈夫です」と答えるが、本当かどうかはわからない。

「本当か？　もし辛いようなら、今日くらい休んでも……」

そして今日一日、四朗と一緒に過ごしてくれてもいい。

その邪な願望を読み取られたのか、夕は顔を赤くしつつも首を横に振った。

「いえ、仕事には、行かなくてはならないので……」

「そうか……」

残念に思いながらも、真面目な夕を誇らしく思う。

ただ、未練がましくも、四朗は一緒に部屋を出ながら彼女に聞いた。

「……今日も、来ていいだろうか？」

夕は耳を赤くして、深く頷いてくれた。

「ありがとう」

この約束があるだけで、今日は充実した一日になるに違いないと、四朗は確信した。

夕を駅まで見送った後、四朗はホテルに戻った。

アメリカから持ってきたノートパソコンには、自分の仕事の資料が入っている。どこでも仕事ができる状態にしているのだが、まだ頭の中は夕のことでいっぱいだった。

頭を冷やすためにも仕事をすればいいと思ったが、しばらくは昨夜の夕の余韻に浸っていたい。

しかし無常にも、幸せな妄想を邪魔するように部屋のインターホンが鳴った。

ホテルの従業員だった。

もう用事はわかっている。

四朗は差しだされた封筒を渋々受け取った。

今度はいったい、何が書かれてあるのか。

祖父は、誰もが驚くようなことをやすやすとやってのける人だったが、この手紙の件については、偶然にしてはできすぎていて、恐ろしく思えてきていた。

しかしこのまま放置しておくわけにもいかず、四朗は封を開く。今回は手紙だけでなく、何かが入っていた。

ひとまず手紙を取り出して目を通す。

『四朗へ

結婚指輪はふたりで選んで決めればいい。

だが、婚約指輪はこれをやってほしい。

爺』

同封されていたのは、金色に輝くリングの中央に、小さなルビーがふたつ埋め込まれている、シンプルな指輪だった。

あまりのタイミングの良さに、四朗は思わず部屋を見回す。

本当に——どこかで監視しているんじゃないだろうな？

でも爺さん………ありがとう。

四朗は祖父に背中を押してもらった気がした。小さな指輪を握りしめ、改めて覚悟を決めた。

＊

夕はふわふわの雲の上を歩いている気分だった。

時折現実に戻り、仕事に集中しなくては、と気合を入れるものの、ふとした拍子に四朗のことが頭に浮かび、そちらに引きずられてしまう。今日の仕事が連絡待ちのものばかりで良かった。

でも、昨日のことを思い出すと、恥ずかしくて死ねる……。

自分に誰かを誘う勇気があったとは驚きだ。

四朗の行為は、少々執拗だった気がしないでもないが、そのすべてが嬉しかった。人は、あんなふうに喜びを分かち合えるものなのだと、昨夜初めて実感した。

街ゆく恋人たちが、何故人目を憚らず幸せそうに寄り添っていられるのか、夕はこの歳になって初めて知ったのだ。

「松永さん？　どうしかしました？」

「えっ」

声をかけられて慌てたものの、相手が後輩の高瀬だと知ると、笑みを浮かべて首を振った。

「ううん、何でもないの。ちょっとぼうっとしていただけだから……」

「気分でも悪いんですか？」

「そんなことないわ。元気よ」

「そうですか……なら、今晩飲みに行きませんか？　課の他の連中も誘う予定なんですけど」

そういえば、今日は金曜日だった。

高瀬の誘いはありがたいが、今の夕には会社の同僚と親交を深めるより、もっと大事なことが待っている。

「ごめんなさい、用があるから……また次の機会に」

「そうですか？　……じゃあ、今度また」

「誘ってくれてありがとう、また」

夕は自分の席に戻る高瀬を見送り、気持ちはすでに四朗のもとに飛んでいた。

この日の夕は、いつもより早めに仕事を切り上げた。おそらく入社して初めて、誰よりも早く退社した。

どうしたのか、と噂されても構わない。

四朗に会いたいという気持ちに急かされるように、電車に駆け込む。

自宅の最寄り駅に着いて、改札を抜けるまでの少しの距離も心が急いて駆け足になった。

その先には、四朗が待っていた。誰よりも輝いて見えるのは、夕の目の錯覚《さっかく》だろうか。

その四朗が夕を見て、嬉しそうに笑った。

「お帰り、夕」

「……ただいま、四朗さん」

夕の頬は自然と緩む。

ただその一言だけなのに、何度聞いても、夕の心が温かくなる。

最初は政略結婚なんて、って思っていたけど……良かった。

四朗に出会えた奇跡に感謝して、その喜びを胸に刻む。

いつものルートだと、このまま夕のマンションに向かって歩き、途中の公園で長話をするのだが、今日の四朗は別の提案をしてきた。

「夕、どこかで夕食を食べていかないか？」

「え……あ、はい」

頷いてから、そういえば自分たちは、ただ話をするだけで、そういったデートらしいことすらしていないと気づいた。

浮かれすぎてそんな気遣いもできない自分に頬を染めながら、夕はどこかそれらしい場所を探そうとスマートフォンを取り出した。しかし四朗はキョロキョロと周囲を見渡している。

「このあたりに店はあるか？」

「あ……えっと、この近くだと、小さいですけど、パスタ屋さんが……たまに、私も行くのですが、美味しいですよ」

「なら、そこにしよう」

「えっと……いいんですか？　結構庶民的なお店ですが」

「構わない。夕が好きな味なら、そこがいい」

そんなふうに直球で返されれば、夕はもう何も言えない。

「では、行こう」

そう言って、彼は自然に手を差しだした。

夕は恥じらいながらも、手を重ねる。四朗の手に包まれると、自分の手がとても小さく見えた。伝わってくる温もりは、否が応でも昨夜のことを思い出させて、心臓がうるさく高鳴る。

けれどそれは、幸せな音だった。

ふたり並んで歩けることが、嬉しい。

あっという間に店に着いてしまうことが、切ない。

こんなふうに気持ちが振り回されるなんて、一週間前には想像もしていなかった。

いつものパスタ屋は、四朗が一緒にいるだけで、三つ星レストランにいるような緊張と喜びに溢れた場所になった。

何度も食べていて同じ味だというのに、これまでで一番美味しいと思える。今朝の焼いただけのトーストも、驚くほど美味しく感じたが、それもやはり四朗がいたからだろう。

こんなに簡単に幸せになれるなんて……

夕は、この先にひどい落とし穴が潜んでいるのではないか、と急に不安になった。それとも、これは夢だったとか。

夢なら夢で、絶対に忘れたくない。夕は目の前に座る四朗の顔を脳裏に焼きつけるように見つめた。

「――君は、本当に美しいな」

同じようにこちらを見つめる四朗に唐突に賛美され、思わずごほっと咽《む》せてしまった。何も口に含んでいなくて良かったと心から思う。四朗らしい唐突さだが、きっとこの先も慣れないだろう。

「あの……」

「昨日も、ずっと思っていたんだが。今日も一日、思い返してみてもそうだった」

「あ、あの……そういうことは、ここでは……」

四朗らしくても、この場ではあまりに恥ずかしすぎる。夕はつい、あたりを見回してしまうが、四朗は周囲のことなどまったく構っていないようだ。

「肩のラインや、腰の角度、それに手足にいたるまで、君は本当に美しいシンメトリーだ」

「――――」

あ、骨の話か。

夕は気が抜けたように肩から力が抜けた。けれどよく考えれば、夕のすべてを見た、という話にほかならない。夕は恥ずかしくなって、つい顔を俯けてしまう。すると、テーブルに置いていた手を、四朗が取った。右と左を持って、シンメトリーであることを確かめているようだ。

「本当に、美しい……」

「そ、そうですか……？」

骨がね。

夕としては苦笑するしかないが、四朗は夕の左手だけを握ったまま、自分の右手を一度ジャケットに戻して何かを取り出した。

「この美しい指に、これが似合うといいのだが」

「……え」

薬指にはいつの間にか金色の指輪が嵌《は》められていた。

「え……っ」

四朗の顔を見て、もう一度指を見る。

何度見ても、間違いではない。

確かに、夕の左手の薬指に指輪があった。

「……サイズはちょうど良かったな」

「あ……」

一瞬遅れて、夕は顔を赤くした。

恥ずかしさよりも、嬉しさで顔が熱くなる。

目の奥も熱い。泣いてしまいそうだった。けれどこの涙の意味が、夕は咄嗟にわからない。四朗といると、初めてのことが多すぎて混乱してしまう。

「気に入らなかったか？」

無言でいた夕を見て、四朗は心配そうな顔をして問いかけてくる。

そんなことあるはずがないと、夕は慌てて首を横に振った。気に入らないなどという話ではないのだ。

夕はまじまじと自分の左手を見て、大事なものを抱きしめるように、右手で包んだ。

「……う、嬉しい、です」

「良かった」

四朗がほっと息をつき、満足そうに笑ったところで、突然、周囲から拍手とともに「わあっ」という歓声を受けた。

びっくりしたが、そもそも狭い店だ。

そのひとつの席で指輪を渡すなどということをしていれば、すぐに誰かが気づくだろう。

夕は今日一日で、一番顔を真っ赤にして俯いていることしかできなかった。

も、もうこの店来られない……っ
ちらりと四朗を見ると、彼は知らない人からの祝福さえ、平然と受け取っているようだ。

どうしてそんなに平気でいられるのだろうと、彼の図太さが憎らしく思えてくるが、夕だって、この盛大な祝福が嬉しくないわけではない。

やがて、夕がお礼を言えるまで回復すると、ふたりは店を後にした。店の外はもう真っ暗だった。火照った頬に冷たい空気が心地よい。ふいに、また右手に温もりを感じた。

四朗の手だ。

「帰ろう」

「はい」

頷いて、何度も一緒に歩いた道をゆく。

夕は左手の指輪をじっと見つめていたいと思ったが、何も言わない時間がむずがゆくなって、何かを言わなくてはと必死に頭を働かせる。

「……晴れて、良かったですね」

って夜だし！　晴れても特に意味ないし！

夕は自分の言葉にすぐに突っ込みたくなったが、馬鹿なことを言った恥ずかしさで、言葉が続かない。四朗はきゅっと夕の手を強く握って、空を仰いだ。

「そうだな。星が見える」

「……そうですね」

都心部から離れている住宅街だからか、雲ひとつない空には、星が煌めいていた。

なんとなく、左手にその星をもらった気分になる。

自分のどうしようもない言葉にもちゃんと返してくれる四朗の優しさをありがたく感じながら、夕は今日の夜空を忘れないだろうと思った。

結局、あまり会話もないまま、マンションの前に到着する。そこで、そのまま帰ると言う四朗に驚いた。

「え……っと、今日、は」

また泊まっていくのだと勝手に考えていた自分が恥ずかしい。

誰かと付き合うことが初めての夕は、こんな時にどうすべきか、どう言うべきかわからない。

それでも嫌われたくないことだけははっきりしているから、ただ四朗に従うことしかできない。

そんな夕を、四朗は困ったように見つめていた。喜びと切なさとがまざったような複雑な表情だ。

「いや……泊まりたい。一緒にいたいが、今日はやめておいた方がいいと、思う」

「……それは」

どういう意味だろう、と夕が首を傾げると、四朗は眉を下げたまま教えてくれる。

「君は、まだ身体が痛むはずだ。昨夜、無理をさせたという自覚はある。ただ、君を抱くと……どうしても抑えが効かない。一緒にいると、抱かずにいられる自信がない」

「え……っと」

四朗の率直な言葉は、夕の思考を簡単に溶かす。こうなってしまうと、うまい返事など考えられない。

四朗は返事を期待していなかったのか、そのまま続ける。

「あまり無理をさせて、君に嫌われたくない」

「そんな……嫌うなんて」

何があっても、それだけはない。

夕はそう断言できるが、夕を気遣う四朗の気持ちは嬉しかった。

「結婚すればずっと一緒にいられるわけだし……今日は、我慢できるところを見せておきたい」

「が、我慢って……」

四朗はとても優しかった。夕は他の人との経験がないから、誰かと比べることなどできないが、彼の夕への触れ方はまるで宝物を扱うようだった。あの温もりと優しさを思い出すと、恥ずかしさはあっても嫌だなんて思わない。だから我慢する必要はないのに、と思ったが、四朗は真面目な顔で答えた。

「昨夜は、私がやりたいことの半分もできていない。もしも本当に箍が外れてしまったら、君が嫌がっても私は抱き続けてしまうかもしれない。そしてその時は、全身を舐めるだけでは飽き足らず、君を食べてしまうかもしれない。君は本当に甘いから……君の体液という体液を飲み干して、代わりに私のすべてを飲み干してもらいたい。体位にしても、正面からだけでなく、後ろからも横からも、すべての角度から君を味わいたい。君の肌は本当に柔らかくて、温かい。ずっと触れていたいと思うほど、心地よい。私がやりたいことを一気にしてしまうには、手が足りなくてもどかしくなる。だからそれを解消するにはもっと君を」

「わかりました！」

止まることのない四朗の告白に、夕は聞いていられなくなって慌てて遮る。

止められた四朗は、まだまだ言い足りない様子だ。けれどこれ以上は夕の頭が爆発してしまう。

「もう、もうそれくらいで……っ、わかりました、から」

「そうか？　私はまだまだ君に知ってもらいたいと思っているが……」

「もう充分です！」

これ以上何を聞かされるのかと思うと恐ろしくてならない。

けれど本当に怖いのは、四朗が言ったことはすべて、いつか確実に実行されるだろうということだ。そんなことになったら、自分はいったいどうなってしまうのだろう。

そう考えた途端、身体の奥が歓喜に震えていることに気づき、慌てて首を振って妄想を追い出した。

「わかった。今日のところは、やはりこれで帰ろう」

四朗は、ついさっき変態じみたことを口にしていたとは思えないほどあっさりと身を引いた。

寂しく思うが、夕のことを慮《おもんぱか》ってのことだと思うと、引き留めることはできない。

夕も頷くと、四朗は手を取ったまま続けた。

「ただ……明日は土曜だから、君の会社は休みだろう？　予定がなければ、一日一緒にいて……みたいと思うが、どうだろう」

どうもこうもない。

夕は満面の笑みを浮かべた。それだけで、返事はわかるだろう。

四朗は喜んだ夕を見て、嬉しそうに笑ってくれる。それが、夕の胸を一層締めつける。

「では、また明日……あ、連絡先を聞いておいてもいいだろうか」

「あ、はい！」

これまでほとんど毎日会っていながら、携帯番号すら交換していなかった。

慌てて自分のスマートフォンを取り出す。そこで、四朗の手にある携帯電話を見て目を丸くした。いろんな機能が搭載された電話ではなく、電話やメールができるだけの古い機種だ。

今の見た目とはまったくそぐわない携帯だが、あの熊のような四朗にはとてもよく似合っている気がする。

外見が変わっても、四朗は四朗なのだと思うと自然と笑みが零れた。

番号を交換し、自分のスマートフォンに登録する。大事なものが増えたことに喜びを感じていると、ふいに大きな手に顱をとられた。

「……ん」

心の準備をする間もなく、唇を塞がれる。

これでキスは何度目だろう。

昨日初めてしたというのに、すでに数えきれないほどになっている。しかもそのキスは、唇が触れるだけではない。

貪るという言葉の意味を、夕は四朗から初めて教わった気がする。けれど、それだけでは足りない。これ以上のことも、四朗と見つけていきたい。

しかしここはまだマンションの前で、もう夜であるとはいえ、外灯もあって人目にもつく場所だ。止めなければと、夕は四朗の胸を押してみるが、彼のキスは次第に深くなり、顔の角度を変えるたびに舌が絡まる。

夕は次第に何も考えられなくなっていく。

「ん……っん」

舌が絡むたびに聞こえる音に合わせるように、自分の声が漏れるのを止められない。

四朗の手はいつの間にか背中に回り、夕も離れないようにジャケットを摑んでしまっている。

密着する身体から生まれる熱は昨夜の情事を思い起こさせ、すぐにでも燃え上がりそうだった。

「ん、ん、ぁ」

けれど突然、唇を解放され、身体も離される。

始まりも突然なら、終わりも唐突だった。

今までひとつに感じていたものは、ふたつだったのだと思い知らされ、切なくなる。

なんてはしたない——

たった一度の情事でこんな気持ちになってしまう自分が恥ずかしかったが、四朗も自身の昂りを静めるように深く呼吸を繰り返している。

「……だめだ。このままだと止まらない。だから帰ろうとしていたのに……すまない」

夕は、帰らないでほしい、と口にすることができなかった。

未練を断ち切るように、来た道を戻っていく四朗の背中を見ながら、夕はきっとすぐに、引き留めなかったことを後悔するだろうと思っていた。

部屋に帰り、ひとりベッドに身を倒すと、四朗の匂いが残っていて、胸が苦しくなる。

明日になれば会えるのに……

そう思って自分を慰めたが、現実は夕に厳しかった。

翌朝早くにかかってきた電話で、夕は会社から休日出勤を言いつけられてしまったのだった。

9章

土曜の休日出勤など、二、三か月に一度、あるかないかのことだ。

滅多にないことだし、これまでは何も予定がなかったから不満もなく引き受けていたが、よりによってどうして今日なのだろう、と夕は心の中で上司に憤《いきどお》る。

もしかして、自分の運は昨日使い果たしてしまったのだろうか。

自分の感情に振り回されてふらふらしながら、夕はスマートフォンを取り出して、教えてもらったばかりの四朗の番号にかける。

初めての電話が、断りの電話なんてひどすぎる……

夕はまた上司を呪いそうになったが、恨み言はとりあえず封印して、誠心誠意四朗に謝った。

嫌われてしまうだろうかと不安になったが、四朗の反応は予想よりあっさりとしたものだった。仕事なら仕方がないとはっきり言われ、その反応に夕は逆に胸が痛んだ。

もしかして、楽しみにしていたのは自分だけだったのか、と落ち込みそうになったが、四朗から「終わったら連絡がほしい」と言われ、また浮上する。

なんて現金なんだろう……

四朗が待ってくれていると思うと、休日の仕事だって頑張れるというものだ。

だが結局、仕事は定時では終わらなかった。明日の日曜が休日として残っていることがまだ救いだろうか。

明日は一日、一緒にいられるかな……

夕は仕事が終わった達成感と、四朗に会える嬉しさに浮かれていたが、ふと気づいた。

あれ……四朗さんって、いつまで日本にいるのかしら……

四朗の勤務先は、アメリカの大学だ。今は休暇中だと言っていたが、それがいつまでなのかは聞いていない。

夕と結婚する、という前提で進んでいるはずだが、両親の状況が今どうなっているのかの連絡はないし、自分からもしていない。

いつ結婚するのか、という結論が見えていないことに今更ながら愕然とする。

結婚は、四朗がアメリカに一度戻ってからなのか、それとも日本にいる間なのか――後者なら急すぎる話だ。おそらく今回の休暇は、彼の祖父の葬儀のために取ったものだろうから、何か月も休むつもりはないはずだ。

でも、きっとなんとかなる。

最初はどうなることかと不安でいっぱいだったのに、今は先の見えない未来も、彼と一緒なら乗り越えられる気がするから不思議だった。

しかし、今回の件は義父の会社の融資のことも絡んでいる。

夕たちだけで勝手に進めていいものではないような気がする。そのあたりも相談しなくては、と思っていた時、スマートフォンが鳴った。

四朗かもと思ったが、画面には「母」と表示されている。

残念に思いながらも、ちょうど良かったと夕は電話に出た。

「――もしもし、お母さん？」

「夕？　あのね、ちょっと聞きたいのだけど……」

「何？」

少し急いた様子の母に、何かあったのだろうかと驚く。

しかし電話の向こうでは、誰かと話でもしているのか、戸惑いながらの会話がボソボソと聞こえてもくる。

「お母さん？　どうしたの？」

「あ、いいえ、夕、その、貴女たち、どうなっているのかと思って……」

「あなたたちって……」

「貴女と、名城四朗さんのことよ。お会いしているんでしょう？」

「う……うん」

生まれて初めて、親に付き合っている人のことを話す夕は、気恥ずかしくなり戸惑った。

けれど、悪いことをしているわけではない。会って何をしているのか、細かく伝えるつもりはないが、順調にお付き合いを続けているとは言っておくべきだろう。

「そう……名城さんは、貴女に何もおっしゃっていないの？」

「な……何を？」

どきりと胸が高鳴った。

まさか、プロポーズされたことを母は知っているのだろうか。

あ、指輪をもらったことも……

夕は自分の鞄に入れている指輪を確かめるように手を伸ばした。

本当は、指に嵌めていたかったが、何かの拍子になくしてしまうことが怖かったし、はっきりと相手がいます、と主張するのも自分ごときがおこがましいような気がして、鞄にしまっておいたのだ。

だが、ひとり慌てる夕に気づかず、母は溜め息を吐き出した。

「……そう、おっしゃっていないなら、いいのよ」

「え……何？　何のこと？」

思わせぶりな言葉に不安になる。

けれど母は、それ以上は何も言わなかった。

「知らないならそのままでいた方がいいわ。まだこちらも確認しているところだし……じゃあまた、連絡するわね」

「あ、ちょっと、お母さん……?」

電話は、勝手に終わってしまっていた。

いったい何だったのか。

夕は何も言わない画面を見つめて、眉を顰めた。どんなことだろうと、はっきり教えてほしかった。内容が四朗に関わることなら、尚更だ。

夕は母にかけ直そうと、着信履歴から辿ろうとしたが、すぐにまた電話がかかってきた。母かと思ったが、画面には「妹」と出ている。これまで妹から電話がかかってきたことがあっただろうか。すみれが夕の番号を知っていたことも初めて知った。

珍しすぎる着信に、何か嫌な予感を覚えながら電話に出る。しかし、すぐに耳から離した。

「ちょっと!　どうして教えてくれなかったの!?」

耳からだいぶ離しても聞こえてくる大声に、夕は顔を顰めた。

怒っているような声だが、すみれの夕に対する口調はいつもこんな感じだ。耳元で怒鳴られるのは勘弁してほしいが、怒っている理由がわからないままでは答えることもできない。

「……何のこと？」

「名城四朗さんのことよ！」

当然でしょ、と言い返されて、首を傾げる。

いったいどうして、すみれの口からその名前が出るのだろう。そもそも、あの場から逃げ出したのはすみれのはずだ。

何の話だと訊き返す前に、すみれは自分の言いたいことを捲し立ててきた。

「あの熊みたいなダサイ男はごめんだけど、四朗さんってアメリカの大学教授だっていうじゃない！　それにお祖父様からの贈与で、かなり財産ももらったっていうし！　名城コーポレーションの仕事に関わっていないただの大学教授だって言ってたから興味なかったけど、それなら話は別よ！　秘密にしているなんて、あんたもひどい女よね」

そう言われても、先に逃げ出したのはすみれであり、夕だって後から知ったことの方が多い。

どう答えるべきか考えあぐねていると、すみれは先ほどの怒声から一転、笑みを含んだ声で話し始めた。

「それに、今はすごく格好良くなってるって聞いたわ。あのお兄さんみたいなんでしょ？　なら断るはずないいじゃない。まったく、最初っからその格好で来ればいいのに……回りくどいことをしてさー、本当、困るわ」

「……あの、すみれ？」

すみれの話がどこへ向かっているのか、薄々勘づき始めていたから、黙っていられなくなった。

しかし躊躇いがちの声は、相手には届いていないようだ。

「そもそもあんたとは釣り合わない人だったのよ。まぁ、私が彼のいいところに気づくまでの時間稼ぎをしてくれたのだから、お礼を言ってもいいわよ。でも四朗さんのこと、黙っていたんだから、おあいこよね。まぁあんたも、少しだけでも人と付き合う夢が見られて良かったんじゃない？　一生結婚できないでいるんだと思ってたからさぁ、少しは楽しんだでしょ？」

「すみれ、何を言っているの？」

すみれの言葉はだんだんと聞くに堪えないものになっていく。

まるで、四朗が自分のものだと言わんばかりの態度に、さすがに黙ってはいられない。

四朗は、夕と結婚するのだ。

これまで、妹だからと何を言われても受け入れて、聞き流してきた。夕がわがままを言えば母が困ると思ったから、どんなことでも諦めて、後ろに控えることに徹してきた。けれど、これだけは傍観《ぼうかん》していることはできない。

夕の気持ちを、鞄の中の指輪が奮い立たせてくれる。

「四朗さんは、私と結婚するのよ」

だって貴女が逃げたのだから。

きっぱりと、これだけは譲れないという気持ちを込めて言い切ると、一瞬黙ったすみれは、滑稽なほど大きな声で笑い始めた。

「あはははは！　マジで!?　あんた本気で言ってんの!?」

耳元で大声を出されて、夕はまた顔を顰める。

何が面白いのだろう、と不快感に眉根を寄せるが、続くすみれの言葉に夕は思考が止まった。

「あんたは、四朗さんと結婚できないわよ――だって、名城が望んでいるのは、松永の娘だもの」

「……えっ？」

――松永の娘。

すみれの声は、ひどくはっきりと聞こえた。

それは、夕のことではない。それは誰より、夕が一番よく知っている。

母が再婚した当時、夕はまだ幼かったから、当然松永の戸籍に一緒に移った。

しかし、それは戸籍上のことで、義父と血の繋がりはない。

不自由のない生活を送らせてもらったことには感謝をしている。けれどそれをずっと心苦しく感じていた。

松永の家は夕にとってはずっと他人の家だった。居候しているようなものだった。だから夕は独り立ちできる頃になると、親元から離れたのだ。

その現実が、今ここで夕の幸せを壊そうとしているなんて、誰が想像できただろう。

私は、松永の本当の娘ではない――四朗さんが本当に望んでいるのは、すみれなの?

ならば、昨日までの時間は、いったいなんだったのか。

夕は一瞬で目の前が真っ暗になった気がした。

「残念ね、まぁ、人にはそれぞれ相応しい人や物が決められているものなのよ。だから地味なあんたも、地味な人と結婚するのが相応しいのよ」

何も見えないのに、すみれの声だけは鮮明に聞こえた。

それを最後に、電話はぷつりと切れた。

夕はそこから、どう歩いたかわからない。

ただ会社の外にはちゃんと向かっていたようだった。

車が行き交う音が耳に入り、夕は現実へと戻ってきた。目を瞬かせて、いつもと変わらない世界があることを確かめる。

耳に残るすみれの言葉は、夕の感情を殺すひどいものだった。

けれど、まだ夕は生きている。

そうだ、四朗さん……。

夕は一番大事なことを思い出した。

すみれはあんなことを言っていたけれど、これから会う約束をしている彼に、直接聞けばわかる話だ。

すみれの勘違いだと、笑ってくれるかもしれない。

そうしたら、あの暖かな空気にもう一度包んでもらえる。

しかし夕は、肩にかけた鞄を持つ手が震えていることに気づいていた。震えるほどに寒さを感じているのだ。春の気温で、しかもジャケットを着ているのだから寒さなど感じるはずはないのに、身体の奥が寒いと震えている。夕の心がどれだけ明るいことを考えていても、身体は正直だった。

けれどそれも、四朗に会えばきっと大丈夫だ。夕は震える足を必死に前に出す。

しかし次の瞬間、聞き逃すことなどできない美声が耳に届いた。

「――君は、夕のことが好きなのか？」

驚いて、声がした方を振り向けば、会社近くの街路樹の陰で、四朗が誰かと話をしている姿が見えた。

それほど離れているわけではなかったから、一歩近づけば、会話がちゃんと聞こえてくる。夕の姿は向こうには見えていないようだった。

盗み聞きのようで嫌だったけれど、何故か出て行くのが躊躇われて、夕は会話を聞き続けた。

「はぁ？　夕……？　って、松永さんのこと？」

どうやら、四朗と話しているのは後輩の高瀬のようだ。

四朗はどうして、高瀬が夕を好きだなんて思ったのだろうか。

高瀬は確かに、珍しく夕に懐いてくれているが、それは夕が同じ課の先輩で、仕事においてフォローすることが多かったからだ。

誤解している、訂正しなくては、と夕が一歩足を踏み出したのと同時に、高瀬の軽薄そうな声を聞き、また足が止まった。高瀬のそんな声を聞いたのは、初めてだった。

「ああ、まぁね……だって彼女、どこかの企業の社長の娘だっていうしさ。それにあの人地味じゃん？　男と付き合ったことなさそうな感じでチョロいかなって。結婚するなら、ああいう子がいいよな。あの人、きっと他で遊んでも気づかないだろうし――てか、あんた誰？」

「私は夕の婚約者だ」

「――はぁ!?　婚約者って……前にもそんな男がいたような……いったい何人いんの？」

高瀬の話す内容から、彼が四朗を初対面の男だと思っていることがわかる。

確かに、あの熊のような外見から今の四朗は結びつかないだろう。

そんなふうに冷静に考える一方で、いい後輩だと思っていた高瀬の言葉に、夕は心が沈んでいくようだった。

「いや俺だって、狙ってたんだけどさ……あんた知らないの？　俺も昨日の飲み会で知ったんだけど、あの人、そこの社長の実の娘じゃないんだってさ。何でも、親が再婚したとかで、本当の娘は美人の妹の方で、松永さんは母親の連れ子なんだって。ったく、それならそうと、最初から言ってほしいよなぁ。連れ子なんて、結婚しても立場も弱そうだし。そんな複雑な関係、俺には無理だし。むしろこれまでの俺の気遣いを返せっての。いつか結婚してやろうと思ってたから、愛想も使ってたのにさ」

エスカレートしていく高瀬の暴言に、夕は思わず耳を塞ぎたくなった。良い同僚と思っていただけに、心が軋む。

だがそれよりも、高瀬に対して反論するどころかまったく口を挟もうとしない四朗の様子に、動悸が激しくなっていく。

そしてようやく聞こえてきた声は、やはり聞き逃すことなどできないものだった。

「――彼女は、松永の娘では、ないのか？」

驚いたような四朗の声に、夕はもうじっとしていられなかった。

盗み聞きをしていたのは申し訳ないけれど、聞いていないふりだってできない。

夕は大きく踏み出して、ふたりの前に姿を見せる。

「──つま、つながさん？」

「……ゆ、う」

ふたりの驚いた顔を見て、夕は笑い出しそうになった。

身体の奥に渦巻くいろんな感情は、入り乱れすぎて表面には出て来ない。そんな自分が滑稽なほどおかしくて、笑いたかった。

笑っているはずなのに、ひどく冷めた他人のような声が自分の耳にも届く。

「私が、松永の娘でなかったら──何か不都合がありますか？」

「────」

四朗は驚いたように目を見開いて固まった。

薄く開いた口からは何の言葉も出てこなかった。

それが、答えだ。

夕は一刻も早くこの場から逃げ出さなければと、くるりと踵を返し、全速力で走り去った。

だが、しばらく走った後で歩調を緩める。もしかしたら、四朗が追いかけて来てくれるかもしれない。声が聞こえるかもしれないと期待したのだ。けれどいつまで経っても何も聞こえてはこなかった。

馬鹿みたい。

夕は自分を嗤《わら》い、嫌な気持ちを振り切るようにまた走った。すぐに駅に到着したので、改札を抜け、ちょうど来ていた電車に飛び乗る。

そのまま、空いていた席に座り、窓の外を流れていく景色をぼんやりと見つめた。

どうして驚いたの？

彼は、何がしたかったの？

私は、松永の本当の娘でなければ何の価値もないの？

もしかしたら、そうじゃないのかもしれない。きちんと確かめるべきかもしれない。けれどそれが怖い。あの温もりが自分のものでなくなると思うだけで、叫び出してしまいそうだ。

四朗がしたかったのは松永の娘との結婚で、夕との結婚ではない。

それならそうと、最初から言ってくれれば良かったのに。

思い返せば、最初から彼は夕のことを「好きだ」とは言っていない。

欲しいとは言っていた。

けれどその「欲しい」は、「夕を欲しい」ではなく、「松永の娘が欲しい」ということだったのではないか。

彼が「融資のことは関係がない」と言っていたのも、恋愛テクニックだったのかもしれない。すみれに拒絶された彼は、さぞや自尊心を傷つけられたことだろう。どうしても松永の娘と結婚しなければならなかったとしたら、どんなことをしても夕を手に入れようとしただろう。そして実際、彼の甘い言動で、夕はまんまと恋に落ちた。

どうやら夕は、相当浮かれていたようだ。

そんな思惑にも気づかないなんて。

結局は自分も、結婚に憧れを抱いていたということか。最初は疎んでいながらも、四朗に望まれているとわかった途端、すべてを許して身体まで捧げてしまった。

夕は情けない自分を嘲笑《あざわら》う。

それしか、自分にしてあげられることがなかった。

泣くことも悲しむことも、自分に許したくなかった。

何なの、私、あんな人に、初めてだったのに――

自分で決めたのだから、これまでのことに後悔なんてしない。

けれど、一度何もかもを諦めた夕に、もう一度幸せと温もりを与えた四朗には、怒りをぶつけてもいいんじゃないかと気持ちが乱れる。

怒っても仕方がないとわかっている。それに、これまでと同じように、諦めて忘れてしまえばこんなに感情に振り回されることだってなくなるはずだ。

それでも、こんな結末はないじゃないかと、誰かを恨みたくなった。

いい大人なのだから、こんなことで傷つくなんてどうかしている。

理性ではそうわかっているのに、心はボロボロに傷ついていた。

そしてふと、鞄の中にある指輪を思い出した。

きっとこれも、元々夕に用意していたものではないのだろう。

「馬鹿みたい」

ぽつりと、口をついて出た言葉は、誰にも聞こえていないようだった。

ただ、じっと見つめていた車窓の風景は、何故かひどく滲んでいた。

*

「──ックソ！」

我に返った四朗は、激しく舌打ちをした。

想定外のことが一気に起こって、反応が遅れてしまった。普段の四朗からは考えられない失態だ。頭が回り始めた頃には、すでに夕の姿は人混みに紛れ、見えなくなっていた。

「な、何だよ？」

突然怒りを見せた四朗に、まだ傍にいた男が驚いたようだが、その顔を見るとさらに苛立ちが募る。

この男は、さっき何と言った？

思い返すのも腹が立つが、こんな男が夕の近くにいることが許せない。

「――いいか、今度彼女を侮辱してみろ……どこへ逃げても必ず捕まえて制裁を加えてやるからな」

「――は、あ？」

苛立ちをぶつけるように男のネクタイを摑んで睨み付ける。それでも理解していない様子の男に、今度は言葉を短く区切って、はっきりと言い聞かせた。

「彼女に、近づくな。わかったか？　彼女に、二度と、顔を見せるな、と言っているんだ」

でなければ、どんな手を使ってでも本当に社会から抹殺《まっさつ》してやる。

眼差しに殺意が漏れていたのか、男は四朗と目を合わせるなりひどく怯え、慌てて頷いた。

それを見て離してやると、彼は転がるようにして夕が走り去った方向とは反対の方へ逃げていく。

四朗はしばらくその姿を睨んでいたが、そんなことに構っている暇はなかった。

四朗にとって一番大事なことは、夕だ。

まさかここにきて、夕が松永の血を引いていないとは考えもしなかった。

走り去る夕をすぐに追いかけられなかったのは、祖父の遺言が頭を過《よぎ》ったからだ。

祖父には、一番の恩がある。

とんでもない遺言をしてくれたけれど、四朗の心と人生の大半を支えてくれたのは、祖父なのだ。

その祖父が望むのなら、彼の最期の願いを叶えてやりたかった。

けれどそれに従えば、夕との未来はない。

先ほどは驚きのあまり思考が固まってしまったが、四朗の気持ちはすでに決まっている。

きっと夕は、私を怒っているだろう……騙されたと悲しんでいるかもしれない。

夕の泣いている姿を想像するだけで、四朗の心が軋む。

四朗はすぐに、夕の走り去った方に向かおうとして、自分は馬鹿かと携帯を取り出す。

電話帳に登録したばかりの夕の名前を押してみるが、しばらくコール音が続いた後、無機質な声が聞こえてきた。

「この電話は、電波の届かない場所にあるか、電源が入っていないため――」

つまり繋がらないという内容の音声を、四朗は最後まで聞かずに通話を切った。

とりあえず、ここに留まっている理由はないと動き始めたが、正直どこへ行けばいいのかもわからなかった。あの状態で、まっすぐ家に帰ったというのも考えにくい。

夕がいないか、周囲の人間を確かめつつ、駅に向かう。その途中で携帯電話が鳴った。

四朗は相手を確かめもせず、飛びつくように電話に出る。

「――夕!?」

「……いや、三樹だ。だが、その松永さんと、彼女のご家族との関係について、少しいいか？」

改めて言われなくても、四朗がさっき知った件だろう。

名城家の者が調べたというのに、そんな基本的な情報が抜けていたとは、情けなくなってくる。

「お前は気づいているかもしれないが、実は、夕さんは松永社長の実子ではない。そのことを私と父は知っていた。お前に伝えなかったのは、お前が彼女に一目惚れをしたのがわかったからだ。お祖父さんの遺言を果たす方法は他に考えればいいわけだしな。しかしそのお祖父さんの遺言の内容が松永に知られたようで、そっちが問題なんだ――あちらが改めて、実子のすみれさんを、と推してきている」

「――は？」

耳を疑う内容だったが、兄が何かを言い間違えることは滅多にない。

「すみれさんというのは、お前に会ってすぐに逃げ出した女性のことだな。どうやら最近、

お前の容姿が小綺麗になったことを知ったようで、結婚の話を進めたいと息巻いているようだ」

「……はぁ？」

もう一度訊き返したのは、話の内容を確かめるためではなく、そいつの頭は大丈夫かと訝しむものだ。

四朗のそんな反応も、三樹は予測していたのだろう。

呆れたような溜め息が電話口から漏れてくる。

「まぁとりあえず……結婚するのはお前だ。一応、お前の意思を尊重すると父さんたちも言っているからな、こうして電話しているんだ」

「そんなこと、言わなくてもわかっているだろう」

「——それでも、言葉が必要な時もある」

確かに、何も言わずに理解してもらえるなんてことは、気心の知れた相手であっても、なかなか起こりえない。

やはりもっと、夕と話し合う時間を作るべきだった。本能に負けて欲望を優先させてしまったことを今更ながら後悔する。

「私が結婚するのは、夕だ。彼女以外に、ありえない」

「——お祖父さんの、遺言のことはどうする？」

「法的に意味のないものだと言っていただろう。それに——確かに爺さんには世話になったが、死んだ人間の気持ちを汲《く》んで、生きている人間の気持ちを無視するなんて馬鹿げている」

　四朗のきっぱりとした言葉に、電話の向こうで三樹が笑った。

「——お前なら、そう言うだろうと思ったよ。松永の両親へは私が話を通しておくが……お前はどうする？」

　どうするとは、夕とのことについてだろう。

　もちろん、四朗のすることは決まっている。

「彼女のことは、私が決める」

　夕はもう、私のものだ。

　四朗は兄との電話を切ってから、ふと、ある考えが浮かび、走り出した。

　向かう先は、四朗の泊まっているホテルだ。

　いつもより早いが、きっと手紙は来ているだろう。

　もしかしたら、四朗に必要な助言が書かれてあるかもしれないと思ったのだ。

　部屋に戻る時間も惜しくて、四朗はコンシェルジュに直接聞いた。

「——今日、私宛ての手紙は？」

「……いいえ、本日は何もお預かりしていません」

四朗の気迫に圧されながらも、はっきり告げる相手に、四朗は舌打ちしたくなった。

まったく、こんな時に限って、何も言って来ないなんて……

本当に死んでいるんだろうな、爺さん。

これまでの祖父からの手紙は、何らかのトリックがあるのだろうと踏んでいた。けれど結局、今の四朗はそんな手紙に縋《すが》らざるを得なかった。

四朗は、夕がどこに行ったのか、まったくわからなかったのだ。見当もつかない自分に肩を落とす。

人に頼ることなどこれまで考えることもなかった四朗だが、今初めて、愚かな自分を誰かに殴ってほしいと思った。もちろんそれで何かが解決するわけでもない。それはわかっているが、他に手立てのない自分が情けなくなった。

10章

住宅街の寝静まった深夜、マンションの前に一台のタクシーが止まった。

降りて来たのは女性ひとりだった。しばらくして動き出したタクシーを、四朗は進路を塞ぐようにして止めた。

キッという急ブレーキの音に、タクシーから降りたばかりの女性も目を丸くしている。

マンションのエントランスから零れる光で、彼女——夕の身体を確認した。怪我はしてない様子に、四朗はひとまず安堵する。

「ちょっとあんた、危ないよ！」

タクシーの運転手が窓から顔を出したが、四朗はじろりと睨んだ。

「少し待っていろ」

その迫力に気圧されたのか、運転手はすぐに顔を引っ込める。

四朗は夕の姿を確認できたことで、彼女の行方が知れなかったこの六時間ほどの不安と心配の気持ちが一気に噴き出し、安堵が怒りに変わっていた。そのせいで、四朗は夕にも声を荒らげてしまう。

「こんな時間まで！　いったいどこに行っていた！」

「え……えっ、四朗、さん？　どうして、ここに……？」

「どうしても何も、ここが君の家だろう。実家には行かないと思ったし、他に考えられるところなど――とにかく、私はここで待つしかなかったから、待っていたんだ」

「そ……そうですか……あの、タクシーの前に飛び出すと、……危ないですよ」

冷静な夕の言葉に四朗はまた怒りが募る。

「ちょうどいいから止めたんだ。タクシーに乗りなさい」

「え？」

「ここでは近所迷惑にもなる。私の泊まっているホテルに行こう」

「――え、ど、どうして……？」

四朗は戸惑う夕の腕を取り、タクシーのドアを開けさせて、無理やり押し込んだ。そのまま自分も乗り込み、ホテルの名前を運転手に告げる。

運転手は心配そうな顔でバックミラー越しに話しかけてくる。

「お客さん、厄介事は……」

「厄介事ではない。心配なら警察に通報すればいい。私の名刺はこれだ。しかし通報はホテルに着いてからにしてもらおう」

名刺を取り出して渡すと、運転手は英語表記だったせいか眉を寄せたが、黙って車を発進させた。

隣に座った夕は、困惑の表情で四朗の顔を窺っている。

「あ……あの、どうして、私を……あんなところで、待って？」

「どうして？」

理由を聞かれることに、四朗は腹が立った。

これほど怒りを覚えたのは、いつぶりだろう。

咄嗟に思い出せないほど、四朗は普段感情に波がない。けれど、夕に関することだと、簡単に気持ちが振り回されてしまう。

「あんなふうに逃げ去った君を、こんな時間まで連絡も取れない君を、何かあったのではないかと、事故か事件に巻き込まれたのではないかと心配することに、理由がいるのか？」

「……えっ」

「君を好きな男が、君を心配するのに、何か特別な理由が必要なのか？　それとも、君にとって私は取るに足らない存在で、放置していても構わないと思っているのか――」

「――え」

夕が動揺しているのがわかるが、四朗の怒りは収まらない。

「君がいなくなった後、私がどんな気持ちになるか、考えようともしなかったのか」

「な、だ……って、だって、四朗さんは、私の、こと、なんて……」

「君は、私が君を好きだという気持ち以外に、何を欲しているんだ？　私が君に捧げる人生以外に、何が必要なんだ？」

平静を保っているようでも、四朗の声は硬く冷ややかで、怒声を上げるよりも感情をよく表していた。それに気圧されたのか、夕の返事はない。

暗い車内では顔もよく見えないが、四朗が隣にいることを拒絶している様子でないことが、四朗の気持ちをどうにか宥めていた。

「……この先は、こんなところで話し合うことでもない」

続きはホテルに着いてからだ、と四朗はそれ以上何も言わず、夕から視線を逸らし、暗い窓の外を眺め続けた。

夕も、ただ黙って隣に座っていた。

＊

夕が四朗の滞在しているホテルに来るのは、名城家のパーティ以来二度目だが、やはり踏み込むのに躊躇うほどの豪華さがある。

名城家が経営する中でも、最高級のホテルだ。

さらにそのスイートルームが、日本での四朗の部屋になっているのだという。

そんな場所に足を踏み入れることも初めてで、夕はホテルに着いてから緊張しっぱなしだった。だが、それ以上に、機嫌の悪そうな四朗のことが気にかかって落ち着かない。

まさか、マンションの前で待っているとは予想もしていなかった。

あの後、四朗の前から逃げるようにして乗った電車は環状線だった。夕は周回する電車に揺られ、気づけば終電の時刻になっていた。

結局、電車が止まったので降りたものの、そこは自宅の最寄り駅ではなかった。

非常に情けない上に、痛い出費になるが、タクシーに乗り、どうにか帰宅できたところで、四朗に出くわしたのだ。

かつてないほどの疲労を感じていたため早く寝てしまいたかったが、ベッドは遠いところにあるようだ。

勝手知ったる我が家のように、四朗は部屋に着くなりジャケットを脱いで、シャツの袖のボタンを外して寛ぎ始めている。

けれど夕は、踏むのも躊躇うような厚手の絨毯の上では、動くこともままならない。

足を止めた夕に気づき、四朗は深く溜め息を吐いて振り向いた。

ようやく存在を思い出してもらえた気がして安心したが、同時に彼が何を言い始めるのかと不安にもなる。

四朗は、夕の頭からつま先までを視線で辿り、今度は胸を撫で下ろすような息を吐く。

「……やはり、怪我はないようだな。とりあえず、そこのバスルームを使うといい。着替えは——バスローブを使えばいいだろう」

「……えっ？」

「え、ではない。何をしていたのかは知らないが、疲れているだろう」

そう言われ、これから深刻な話し合いになるのだろうと覚悟していた夕は、疲れた身体を労わってくれたことに驚いた。

「私は向こうにあるバスルームを使うから、君はこちらを自由に使うといい」

四朗はそう言って、奥に続く部屋に消えた。

バスルームがふたつもあるの……？

さすがスイートルームだと夕は変なところに感心しつつ、言われた通りバスルームへ向かった。

そこは、夕の部屋の浴室が二つか三つは入りそうな——いや、浴室どころか部屋がすっぽり入っても余裕があるくらいの広さだった。

四朗は、夕の部屋の浴室を何の文句も言わずに使っていたが、絶対にどこかにぶつかったはずだし、使いづらかったはずだ。

改めて、四朗との格差を突きつけられたようで気落ちするものの、目の前の大きなバスタブの魅力には勝てない。

自分の顔が映りそうな蛇口をひねってお湯を出し、服を脱ぎ始める。

こんなホテルの浴室で服を脱いでいるなんて、これまでの夕からすれば、本当に考えられないことだった。

身体を洗っている間にお湯が溜まったので、湯船につかる。浴槽が大きすぎてどこにいればいいか戸惑ったが、結局隅に寄り、そろりと足を伸ばした。

温かなお湯は疲れ切った身体を解してくれる。一緒に、心も少し落ち着いた。

洗面台にはアメニティも揃っており、夕は申し訳なく思いながらも使わせてもらった。化粧水や乳液などは、四朗のために並べてあるものではないと思ったからだ。

あまり長く使っても申し訳ないと、夕は早々に湯船から上がり、身体を拭いて、言われるままにバスローブを身に着けた。それからそっとバスルームから出ると、そこにはすでに、Tシャツにズボンという寛いだ姿の四朗がいた。

「……早かったな。もういいのか？」

「あ、はい……ありがとう、ございます」

お礼を言ったものの、四朗はまだ硬い雰囲気のままで、顔もこわばっていた。

四朗に促され、三人掛けのソファに座る。

少し離れて四朗も座るが、やはりどこか刺々しい。

やっぱり、怒ってる……

これから何を言われるのか見当もつかなくて、夕の不安は募る一方だ。

「それで、君はこんな時間まで、どこへ行っていた？」

「あ、電車に……乗っていました」

簡単な質問だったことに安堵し、夕ははっきり答えた。

「電車？」

四朗の眉間の皺がさらに深くなるが、訝しく思われても仕方がない。

夕だって、おかしなことをしていたとわかっている。けれど、本当にぼうっとしていて、気づけば終電の時間だったのだからどうしようもない。

「電車に、乗って？　どこへ？」

「どこにも……ただ、グルグル回っていた、だけ、です」

「ずっと？」

「ずっと」

「誰にも会わず？」

「ひとりで、です」

四朗は発言の真偽を見極めるかのようにじっと夕を見つめていたが、嘘を言っていないとわかったのか、深く息を吐いた。

「……せめて、携帯の電源くらい入れておきなさい。君を心配する人間もいる」

「あ……はい」

そういえば、タクシーの中でもそんなことを言われた。まったく覚えていなかったが、スマートフォンの電源を落としていたらしい。あの時は、誰とも話したくない、何も聞きたくないと思っていたから、無意識に切ってしまっていたのだろう。

「心配を……」

かけたのだろうか。

かけたのだろう。

でなければ、こんな時間までマンションの前で待ち伏せなどしていない。

夕は喜んでいいのか苦しんでいいのかわからず、複雑な感情が顔に出てしまう。

「……どうした、私が心配することがそんなにおかしいか？」

「それは……」

正直、こんなに心配してくれるとは思っていなかった。自分は捨てられるのだろうと考えていたのだから。

そう正直に口にするのが憚られるほど、四朗の眼差しは強く、その激情に夕は気圧されてしまう。

「いったい、電車に乗って、何をしていたんだ？」

本当に、何をしていたのかな……

電車に飛び乗った時は、確かに怒りを感じていた。けれど少し落ち着いてからは、疑問ばかりが浮かんでいた。

どうして最初に会った時に、松永の娘でなければならないと教えてくれなかったのだろうとか、夕だから結婚するんだと言ったのは何だったのだろうといったことだ。

これまでの四朗との会話や彼の真剣な眼差しを思い出せば思い出すほど、夕の中から怒りが消え、逃げ出してよかったのだろうかという不安が頭の中をぐるぐる回って、見動きが取れなくなっていた。

結局、夕が知りたかったのは、四朗のことだけだった。

四朗が、本当は何を思っていたのか、知りたかった。

夕はゆっくりと口を開いた。

「……名城家が、松永の娘を欲しているとわかったけれど」

そこまで言ったところで、ぽとりと、夕の右目から滴が零れた。

「四朗さんが、本当に欲していたのが、すみれなのか、私なのか――」

「君に決まっている」

夕の言葉を最後まで待たず、四朗ははっきり答えた。

聞き間違えようのない言葉に、左目からもぽとりと滴が零れる。

「私――」

「私が好きな女は君だと言ったのを、聞いていなかったのか？」

確かに聞いた。

四朗の言葉を聞き逃すなどありえない。

けれど、それを素直に信じていいのか、夕にはわからなくなっていた。

「だけど――結局、私は、存在価値のない、松永の血を引かない娘だもの」

松永の家で、夕は何の価値もない、ただ居るだけの人間だった。

そんな人間を、誰が欲しがるというのだろう。

これまでひとりで生きる力をつけて、その力を頼りに生きてきた。

きっとこの先も、これまでと同じようにひとりで生きていける。

そう思っていたのに、四朗が現れた。

四朗の温もりは夕にとっては初めてのもので、一度その胸に包まれてしまえば、そこから抜け出すことは難しい。

けれど夕は、これまでいろんなことを諦めてきた。それが一番の解決策だったからだ。

四朗が自分から離れていっても、これまでのように諦めてしまえばいい。夕の気持ちも、きっとそのうち落ち着くだろうと思っていた。

なのに現実は、ちっとも夕の思う通りにならない。

四朗が傍にいない。

四朗が他の人のものになる。

そう考えるだけで、夕の心は子供のように癇癪《かんしゃく》を起こし、泣いている。

「夕」

低く静かな四朗の声は、いつだって夕の心に簡単に入り込んでくる。

「私の気持ちは、前に言った通りだ。私は、君との結婚を望んでいる。君の心を欲している」

瞬きすると、また滴が零れた。滲んだ夕の視界には、もう四朗しか映っていなかった。

「存在価値がないと言う君を、私は欲している。こんな言葉では、君に届かないのか？」

「――――」

そんなはずがない。

夕は感情を閉じ込めていた壁が決壊したかのように、ボロボロと涙を零した。

言葉を返したいのに、声が出ない。

ただ、必死に首を横に振る。

四朗が欲しい。

四朗がいればいい。

気持ちがどうにか伝わってほしいと、夕は四朗へ手を伸ばした。

身体ひとつ分の距離がもどかしい。泣きじゃくる身体は思うように動かない。

しかし、その距離を四朗が埋めてくれた。

「――夕、私のものだ」

「――ンッ」

夕は大きく温かな腕に抱かれて、泣きながら頷いた。


四朗は辛抱強く夕が泣きやむまで待ってくれた。

いや、その間、彼は自分の舌で夕の涙を舐めとっていたので、「辛抱強く」ではないかもしれない。

とにかく、ようやく泣きやんだ夕を抱き上げて、彼はそのまま奥の部屋へと向かった。

そこにあったのは、夕の部屋のベッドが赤子の揺りかごに思えるような、キングサイズベッドだった。

そのベッドに押し倒され、四朗を見上げると、夕は何も言えなくなった。

「――やはり、止められない」

止めないでほしい。

本当はずっと、四朗を望んでいたのだ。

人との触れ合いなんて必要ないと思っていたけれど、四朗の温もりを知ってからは、それこそが自分にとって重要なものだったのだとわかった。

手を伸ばせば届く距離にあるのに、我慢できるはずがない。

「……止めないで、ほしい」

夕は覚悟を決めて、自分の手でバスローブの紐を解き、綺麗に洗ったばかりの身体を開いた。夕は下に何も身に着けていなかった。

その瞬間、四朗の瞳に熱がこもったのがはっきりとわかった。

獣のような気配を漂わせた四朗は、細い縁の眼鏡を取って放り投げた。夕は、壊れやしないかと心配して目で追うが、四朗はそれを許さなかった。そのまま貪るような勢いで、キスをされる。

「――ンンっ」

四朗の手は夕の首筋から鎖骨を辿り、乳房を強く摑んだ後、わき腹からお腹を撫るように触れ、秘部へ潜り込む。

「ん、ん……っ」

くちゅくちゅと音が立ち始めるのはすぐのことだった。夕は自分の身体がすでに四朗を欲しているのだと理解した。

恥ずかしくないと言えば、嘘になる。

はしたないにもほどがあるだろう。

けれど彼の忙しない指の動きと執拗なキスが、四朗も自分を欲しているのだと伝えてくるから、安心して身体を預けることができた。

「んっ、は、あ……っ」

離れた唇が濡れた糸で繋がるような濃厚なキスは、夕の思考を麻痺させる。しかし四朗の愛撫は容赦がなかった。

首元を散々舐った後、乳房を強く揉みしだかれて、その頂《いただき》を強く吸い上げられる。

「あ、あ……っ!?」

吸うだけでは足りなかったのか、強く噛まれた。

それは少し痛みを覚えるほどだったが、四朗の執拗さはさらに増していく。

甘噛みをすることで、夕の身体を味わっているようだ。

「――君を、食べてしまいたいと、言っただろう」

それは冗談でも比喩でもなかったのかもしれない。

けれど夕は、四朗ならいいかな、と思ってしまい、抵抗する気にもなれなかった。

そんなことを考えているうちに、四朗の唇は腰から秘部に下がり、舌を這わせながら柔らかな内腿を開いていく。

「ん、あ……っん」

さらに、夕の膝裏を摑むと脚を大きく開かせ、露《あらわ》になった秘部に欲望の眼差しを向けた。

恥ずかしくて脚を閉じようとしても、四朗の力には敵わない。

彼の目は、本当に獣そのものだった。

四朗は夕の目を見つめながら、一度手を放し、自分のTシャツを素早く脱ぎ捨てた。そしてすぐさま、自身の肩に夕の脚をのせると、今度こそ秘部にしゃぶりつく。

「あ、あああっ」

大きな声が出てしまうのを止められない。夕自身でさえよく知らない場所を四朗に貪られるのを、身体が喜んでいるのがはっきりとわかった。

「あ、あん、あ、あっ」

じゅく、と音を立てながら、濡れそぼった場所を吸われ、すでに硬くなった芽を探し出されて歯を立てられる。次第に、腰の奥から苦しいほどの疼きが湧き上がってくる。びくびくと震えてしまいそうな快感を少しでも逃がしたくて、夕は思わず身体を反らしたが、それだけでは治まらなかった。

いったい自分の身体は、どうなってしまうのだろう。

こんなにも簡単に、四朗によって乱されてしまうなんて。

そしてそれを、喜んでいる。

四朗の長い指が深くに入り込み、奥の上の方を擽る。

「んあ、あっあぁんっ」

感じるところを執拗に責め立てられて、夕は大きな波に溺れてしまうような恐怖を覚えた。けれど四朗はさらに煽る。

まるで自分に溺れてしまえと、追い立てられているようだ。

「ん――――っ」

やがて絶頂に達してびくびくと震える夕のお腹を、四朗の手が這う。

達することがこんなにも大変なことだとは、夕は四朗に教えられるまで知らなかった。

敏感になった身体を持て余し、ぼんやりとしていた夕だったが、すぐにまた官能の波に引きずり戻される。

「あ、んっ!?」

「――まだだ、夕」

四朗は吐息とともにそう呟くと、夕の秘部に指を差し入れ、弱い場所を苛め始める。

「あ、や、ま、ってまだ、私……っんんんっ」

「まだ、足りないんだ。もっとイってほしい。私を欲して、何度もイってくれ」

「あ、や、やだぁ、そんな……っあぁんっ」

夕の中で、二本に増えた指がばらばらに動いた。

襞を掻き分けるように舌も蠢いて、夕をさらに翻弄する。

「も、もう、あっもう、あぁあっ」

「――君に挿《い》れると、私はもたない。もう溢れそうになっているが……」

四朗はいつの間にか、ズボンの前を寛げていた。言葉の通り反り返った性器からは、彼の欲望が滴っているのが見える。四朗はズボンを脱ぎ捨てながら、不敵な笑みを浮かべた。

「だが、終わりたくない。一度では終わらないだろうが、一度も終わりたくない。私は君を、永遠に食べていたいんだ」

それ、なんて苦行？

夕は微かに残る理性でそう思ったが、彼に逆らえるはずもない。

確かなのは、これから考えられないくらいの長い時間、この責めが続くだろうということだ。四朗は夕の身体を起こし、抱き合う姿勢を取った。

「ま――、まっあんっあん、やっし、ろうさ……っあああっ」

「夕――私の、ものだ。永遠に」

夕は理性を手放す直前、とても嬉しそうな四朗の声を聞いた気がした。

＊

ホテルの朝は早い。

早朝から人が動いているはずだが、他から隔離されている四朗たちのスイートルームには、その気配はまったく感じられなかった。そのおかげで、四朗は夕と昼過ぎまでゆっくりと休んでいられた。

四朗は、抑えきれない欲望に身を任せ、朝が来ても夕を抱いていた。

泣きながら許しを乞う夕に、さらに欲情してしまう始末だった。

一度では終わらない。けれど、どれだけ抱いても終わりがない。

夕と抱き合っていると、自分に欠けていた部分が埋まっていくような、心が安らぐ充実感に包まれる。

何があっても、もうはずさないようにと言い含め、夕の指にもう一度指輪を嵌める。

嬉しそうな夕に、四朗も顔が綻んだ。

もう、離しはしない。

誰が何を言おうと、夕は四朗のものだ。

特に、死んだ相手に何を言われても四朗は負けるつもりはなかった。

ようやく目を覚ました夕と一緒にシャワーを浴びて、ルームサービスを頼む。明るい陽射しの中で身体を見られて恥ずかしがる夕にまた身体が熱くなったが、間が悪いことに食事が届いて我に返った。夕にガウンか服を着るように伝えて、四朗は従業員を中に入れる。

ワゴンにのせられていたのは、美味しそうな朝食だった。

しかし、従業員の手にあったのは、もう見たくもないあの封筒だ。誰からの手紙かなど、考えるまでもなくわかる。

「……それは」

「四朗様へ、本日届いたものです」

受け取りたくはないが、受け取らなければ相手も困るのだろう。

しぶしぶ受け取り、これまでとまったく変わりばえのない封筒を睨み付ける。そうしていると、服を着た夕が近くに寄って来た。四朗の持った手紙を見て、不思議そうに首を傾げる。

「四朗さん？」

「……いや」

こんな手紙に振り回されてたまるか、と四朗は勢いをつけて封を切り手紙を読む。

「…………」

「四朗、さん？」

手紙に目を落としたまま固まった四朗に、夕が心配そうな声をかけてくる。

四朗は何度も、短い文章を読み直していた。

「どうしたの……？」

手紙から夕に視線を移す。

改めて見ても、美しかった。

一目見た時から、四朗にとっては、夕が一番美しい存在だった。

四朗には、夕が必要だったのだとはっきりわかる。

四朗は夕を腕に抱き、深く深く息を吐いた。

「何か……あった？」

「……いや」

四朗は笑いを堪えられなかった。

「敵わないな、と思っただけだ」

「え？　誰に？」

きょとんとした夕を見ていると無性に楽しくなって、四朗は笑顔のまま告げた。

「――君にだ、夕」

『四朗へ

お前の選んだ相手が、お前の運命の相手だ。
儂はお前の幸せを、心から願っている。
それだけが、儂の唯一の心残りじゃったからな。
幸せになりなさい。

爺』

終章

『お前は、ずいぶんと、難しい男になったなぁ』

祖父がそう言ったのは、四朗が成人した頃のことだった。

成人したからといって、何か特別なことをするつもりはなく、帰国も考えていなかったが、祖父が家族を代表して会いに来てくれた。

せっかく来てくれたのだからと、研究の合間を縫って食事をしたが、その時言われた言葉がそれだ。

祖父の困ったような顔が、四朗は未だに忘れられない。

『お前は人を見抜く目はあるのに、身内になるとそれができなくなる。つまり、感情に左右されるということじゃ。人に無関心だと思われがちなお前にも、ちゃんとそういった気持ちがあるのはわかっとる。それが今のところ、家族にしか向いていないのはどうかと思うが……』

いったい何の話だろうかと、不思議に思ってその顔を見つめていると、祖父はふいに笑った。

『……そうだな、お前が幸せになるためには、お前に似合いの相手が必要なのかもしれんな』

『……爺さん？　私は今の生活にとても満足していますが』

『満足と、幸せは違うじゃろう。お前に似合うのは……そうじゃな、優しく、心も広く、お前が甘えられるような、意志の強い女じゃな。よし、儂に任せておけ。お前が家族以上に感情に振り回されるような、いい女を見つけてやるからの』

『はぁ？』

勝手に何を言い出すのか、と顔を顰めた四朗に、祖父はひとりで納得したように何度も頷いた。

『ちょっと爺さん、私のことを勝手に決めないでくれ』

『お前の意志を無視して儂が勝手に何かを決めたことがあったか？』

そう言われては、四朗は何も言えない。

四朗が言わずとも、この勘のよい祖父は四朗に自由をくれるのだから。

『お前は整った顔をしておるが、外見よりも、お前の中身を気に入ってくれる女がいいの』

そんな女はいないだろう。

変わり者が多いこの大学でも、四朗の不愛想な性格は、付き合いづらいと評判なのだ。

昔からの知り合いでもない限り、こんな、華やかさからほど遠い男に近づく女はいないとわかっている。けれど祖父は、四朗の困惑顔に満足した様子で、楽しそうに頷いていた。

『儂に任せておけ、四朗。お前に幸せを与える女を、ちゃんと見つけてやるからな』

*

夕と四朗は、入籍だけ先に済ませることになった。

とはいえ、すんなり入籍できたわけでもない。

四朗との結婚のことを両親に伝えた後、義妹のすみれが、異を唱えたのだ。

自分のほうが四朗に相応しいと騒ぎ立てたために、夕が途方に暮れていたところ、意外にもそれを抑え込んだのは、母である朝子だった。

「すみれさんはまだ諦めていないでしょうから、早く籍を入れてしまいなさい。その後で、ゆっくりこれからのことを考えるといいわ」

母にそう言われ、義父からも背中を押されて、夕は驚きのあまり何も言えなかった。

けれど、夕はふと気づいた。

これまで、夕はなるべく彼らと関わらないように生きてきた。自分の望みを口にすることをやめ、辛いこと、嬉しいこと、いろんなことを呑み込み、興味がない振りをして諦めてきた。

しかし、それをちゃんと両親に言ってくれればよかったのかもしれない。そうしたら、今回のように、夕のために何かをしてくれたのかもしれない。

四朗の温もりをあれほど嬉しく感じたくらいだ。夕は、家族の温もりにも飢えていた。諦めることが早かったけれど、諦めるより前に、足掻《あが》くことが必要だったのかもしれない。

自分が変わることで、周囲の見方も変わるのだと、夕はこの時ようやく気づいた。

「今まで、貴女を放っておいたことの償いになんてならないでしょうけど……でも、夕のことを、考えていなかったわけではないの」

静かにそう言った朝子は、幼い頃に大好きだった優しい母の表情をしていた。

母の気持ちを受け取って、夕と四朗は籍を入れた後、一度四朗の暮らすアメリカへ行ってみることになった。

＊

ジョス・カーンは大学の構内をうろついていた。

まだ、帰って来ないのだろうか。

ジョスはつい、いつも何かと頼ってしまう教授の顔を思い浮かべていた。

日本人でありながら、アメリカ人にも引けを取らない体格で、いつも仕立ての良いスーツを身に包んでいる彼。しかしながら、その顔は残念そのものだ。

だが大きな眼鏡とボサボサの髪、あとは無精ひげをどうにかしたら、女にさぞもてるだろうとジョスはいつも思っている。

身形のよい熊。

まさにそんな言葉がぴったりの彼だが、その頭脳は一級品だ。

遠い日本に行ったのだから、すぐに帰ってくることはないだろうとは思っていたが、彼にしては意外に時間がかかっているようにも思う。

普段帰国することがないだけに、何か大変なことでも起こっていなければいいが、と心配していた。

その教授の研究室が見えてきたところで、ジョスはドアの前に見たことのないふたりが立ち話をしていることに気づいた。

教授の客だろうか、と思いつつ、声をかける。

「――教授はまだ、帰ってきてないと思いますよ」

ジョスの声にタイミングを合わせたように振り向いたふたりは、とても印象的だった。

ひとりは男だ。

仕立ての良いスーツに身を包み、黒い髪を後ろへ撫でつけている。細いフレームの眼鏡が、魅力的な黒い目を引き立てているが、そもそも顔が恐ろしいほど整っていた。

その隣は女だ。

上品なツーピースに、肩より長い茶色掛かった黒い髪、小柄な顔に似合う丸い目が愛らしい。ジョスより年下に見えるが、東洋人は年齢より幼く見えるというから、きっと彼女は成人しているのだろう。

充分誘えるだけの色香を持っていた。

おそらく日本人なのだろう。教授の友人か、と思っていると、男の方が声をかけてきた。

「――君か。夕、彼は知り合いだ。市警の刑事なんだ」

「えっ」

男はジョスを一瞥した後、女に自分のことを説明しているようだった。日本語はあまり得意ではないので断片的にしかわからなかったが、自分は知り合いの刑事だと紹介されているようだ。

どうして知らない男の知り合いにされ、さらに職業まで当てられるのか。

「失礼ですけど、どこかでお会いしましたか……？」

職業柄、ジョスの記憶力はよい方だが、これまで知り合った中でこんなに上品な東洋人の男はいない。

しかし、何かが引っかかる——そんなことを思っていると、男は呆れた顔で肩を竦《すく》めた。

「——君は、私に用があって来たのではないのか？」

今度は英語で問いかけられたが、ジョスはその声と、尊大な口調には聞き覚えがあった。

思考が一周回り、閃いたように脳が答えを導き出した時、全開まで目を見開きながら、ジョスは声を荒らげた。

「——教授!?　ナギ教授!?　本人ですか!?」

「何を驚くことがある。私は私以外になったつもりはない」

この物言い、確かに名城教授だ。

だが、わからないのは、その顔だ。

ジョスの常識が、理解することを遅らせているようだ。

「またこれは……どんな着ぐるみを着ているのか……いや、脱いだのか？」

四朗は、何を言っているのだ、と呆れ顔のままだが、傍に寄り添っている女性はくすくすと笑っている。

「――夕？」

「あ……いいえ。さっきくらいの英語なら聞き取れてしまって。それで、皆、考えることは同じなんだなって思って」

ユウと呼ばれたその女性は、四朗と仲睦まじく笑い合っている。

その様子を見て、はっと現実に戻って来たジョスは、その女性は誰だ、と四朗に目線で問いかける。

「彼女は、夕だ。私の妻だ」

「――は？」

「今度こちらへ引っ越してくるんだが、その前に一緒に部屋を探しにきたんだ。私の今の部屋は、便利さだけを優先しているから、夕と住むには向かないだろうし……」

「――はぁあ？」

「その前に、私の仕事部屋を見てみたいというので連れてきた。夕、彼は市警の刑事でジョス・カーンだ。あまり覚える必要はないが、一応紹介しておこう」

「……はじめまして、ユウ・ナギです」

「はあぁ？」

ジョスは、どこから突っ込んでいいのかわからなくなっていた。

ただ、目の前の綺麗な女性は、すでにこの男のものだとわかり、全力でがっかりした。

「教授、結婚していたんですか!?」

「先日したんだ。まだ式は挙げていないが……入籍は済ませた」

「四朗さんって、結構せっかちですよね」

そう言って笑うユウに、ジョスは「教授はいつもせっかちです」と言いたかったが、その場の空気があまりに甘すぎて、なかなか口を挟めない。

「それより四朗さん、市警の方が、どうしてここに……?」

「ああ、私は趣味で犯罪学なども研究をしているんだが、ある事件をきっかけに今も時々捜査に協力をしている——つまり、プロファイリングというもので、助言をするくらいだが……」

「——えっ、あの、テレビドラマでよく見る……?」

「私はドラマを見ないのでわからないが、おそらく似たようなものだろう」

「わぁ……」

夕の目が、一層輝いた。

隣に立つ夫を心から尊敬している目だ。

四朗はそれを当然のように受け止めているが、ある程度付き合いの長いジョスは、彼の目が嬉しそうであることに気づいていた。

ジョスは仲睦まじいふたりを見て、いったい世界に何が起こったのかと空を見上げた。

俺には何の出会いもないっていうのに……

恨めしく思いながら、ジョスはそれでも愛想良く教授夫妻に挨拶をした。

「初めましてジョス・カーンです。教授とはずっと独身仲間でいられると思っていましたが、こんなに綺麗な女性を射止めるなんて、抜け駆けもいいところですよ」

少し恨みを込めてそう言うと、四朗はよく見えるようになった表情で、笑った。

「――君は相変わらず、相手を探しているからだめなんだ」

そしてやっぱり、言っている意味がよくわからない。

教授は頭が良すぎて、凡人《ぼんじん》にはわからない説明が多いのだ。

結婚して変わったかと思えば、やっぱり四朗は四朗だった。

ジョスは改めて、四朗を嬉しそうに見つめるユウという女性を見る。彼女は、きっとありのままの四朗を好きになったのだ。

彼の幸運を妬《ねた》ましく思ったが、生真面目すぎて人付き合いの悪い天才教授が、この上なく嬉しそうであるのを見て、ジョスはふたりの幸せを心から祝福した。

あとがき

初めましての方も再びの方もこんにちは、秋野《あきの》です！

今回、舞台は日本です！　現代です！　いつものぶっとんだファンタジーとは違って、キャラクターを考えるのも楽しかったのですが、設定をいつもより必死に考えました。

ヒーローの四朗は、大学で博士号を取っているはずなので、恐らく「教授《プロフェッサー》」ではなく「博士《ドクター》」かな、と思うのですが、刑事の彼からは「教授」と呼ばせたくてそうしました。「先生！」な感じで「教授！」と呼ばれてます。そんなふたりの関係を、日常含めて考えるのも楽しかったです。

いつもお世話になります担当様、本当に毎回、お世話ばかりかけて申し訳ありません……次回こそは、といつも思っているんです。思っているんですよ！

さらに素敵なイラストを描いてくださった、ひたき様！　細かなわがまま、叶えてくださってありがとうございます。によによしながら熊を眺めております。モノクロの世界に、色を添えてくださり、感動いたしました。

できたら次回も、現代物を書いてみたいな、と思っております。どうぞ皆さま、こりずにお付き合いくださいますよう、よろしくお願いいたします。

秋野真珠《しんじゅ》

この本を読んでのご意見・ご感想をお待ちしております。

◆ あて先 ◆

〒101-0051
東京都千代田区神田神保町2-4-7 久月神田ビル
㈱イースト・プレス　ソーニャ文庫編集部
秋野真珠先生／ひたき先生

天才教授《てんさいきょうじゅ》の懸命《けんめい》な求婚《きゅうこん》

2017年8月3日　第1刷発行

著　　者　秋野真珠《あきのしんじゅ》
イラスト　ひたき
装　　丁　imagejack.inc
D T P　松井和彌
編集・発行人　安本千恵子
発 行 所　株式会社イースト・プレス
〒101-0051
東京都千代田区神田神保町2-4-7 久月神田ビル
TEL 03-5213-4700　FAX 03-5213-4701
印 刷 所　中央精版印刷株式会社

ISBN 978-4-7816-9605-8
定価はカバーに表示してあります。

Sonya ソーニャ文庫の本

『堅物騎士は恋に落ちる』　秋野真珠

イラスト 国原